Das Buch

Nervt der Nachbar? Die Gattin? Der Chef? Eine Lösung findet sich immer, und klappt Plan A nicht – keine Sorge, das Alphabet hält noch andere Buchstaben bereit. Doch Vorsicht: Das Buch enthält Storys, die Sie zum Schmunzeln bringen, aber auf keinen Fall zum Nachahmen anregen sollen.

Die Autorin

Sylke Tannhäuser
schreibt Kriminalromane sowie Kurzgeschichten und Regionalliteratur und arbeitet als Schreibcoach
www.sylke-tannhäuser.com

Sylke Tannhäuser

Tutti Frutti
Mord mit Mutti

Kriminelle Kurzgeschichten

Impressum
3. Ungekürzte Taschenbuchausgabe
Copyright © 2024 Sylke Tannhäuser
 S. Tannhäuser
Bilder by pixabay
Verlag: BoD · Books on Demand GmbH,
In de Tarpen 42, 22848 Norderstedt
Druck: Libri Plureos GmbH, Friedensallee 273,
22763 Hamburg
ISBN: 978-3-7448-3294-6

Inhaltsverzeichnis

Tutti Frutti - Mord mit Mutti

»Schätzchen, das wird nichts mit uns.«
Die Worte hatten in dem leeren Studio
von RTL wie eine Ohrfeige geklungen.
Ella schluckte. Am liebsten hätte sie
diesem Knilch die Meinung gegeigt,
doch sie beherrschte sich. Marlon Till
Mayer-Mayershausen, kurz MTMM,
war der neue Star der Fernsehbosse,
jedermann lobte ihn, obwohl auch er es
nicht geschafft hatte, das Revival von
Tutti Frutti zu einem Erfolg zu machen.
In den 90ern war die überwiegend in

Mailand gedrehte Show zum Kult geworden, aber das hier war lediglich ein müder Abklatsch des Originals. Köln hatte eben nun mal keinen italienischen Charme zu bieten, und die Neuauflage der Show drohte ein Flop zu werden. Deshalb war Ella zu Marlon gegangen. Sie konnte dazu beitragen, dass die Sendung wieder besser wurde. Weil sie im Playboy gewesen war, als Playmate. Blond, schlank und mit Formen, so verführerisch, dass sie ihr damals eine Dauerrolle in allen Staffeln eingetragen hatten, in der es von Früchtchen nur so gewimmelt hatte. Sie war die Erdbeere gewesen, und genauso hatte sie sich gefühlt, wenn sie mit den anderen Models des Balletts die jungen Hüften geschwungen hatte. Süß und knackig.

Cin-Cin – das war der Name des Balletts gewesen, und Cin-Cin hatten sie auch gesungen, wenn sie ihren Einsatz hatten, der darin bestand, die

Bikinioberteile zu öffnen und den Blick auf die Brüste freizugeben und auf die Früchte, unter denen die Brustwarzen verborgen waren.

Im Grunde war es eine leichte Art gewesen, Geld zu verdienen und nur zu gern würde sie wieder einsteigen. Dass sie die Show retten konnte, war nur einer ihrer Gründe. Der wichtigere war, dass sie ein Einkommen brauchte. Im Laufe der Jahre war ihr Guthaben auf dem Bankkonto geschmolzen, und jetzt tendierte es gegen Null. Die Zeit drängte. Ella brauchte einen Job, aber sie hatte nur eine Ausbildung als Tänzerin, und in dem Beruf waren die Angebote für Neunundvierzigjährige mehr als spärlich gesät. Das neue Tutti Frutti war ihre Chance. Und nun das!

»Warum wird das deiner Meinung nach nichts mit uns beiden?«, fragte sie. »Schließlich war ich früher mal das Zugpferd der Show, und ich war echt gut. Der Publikumsliebling, würde ich sagen.«

»Du bist zu alt, Schätzchen, und zu dick bist du auch. Also vergiss, was du mal warst und verschwinde. Ich habe nämlich zu tun.« MTMM ließ sie stehen und eilte hinter die Kulissen.

Hasserfüllt schaute sie ihm nach. So ein Knilch. Wie konnte er derart mit ihr umspringen? Unverschämt war das, sowas hatte es früher nicht gegeben.

Enttäuscht fuhr sie zurück nach Marienburg, wo sie in der Parkstraße eine Wohnung besaß. Hier lebten nur gut betuchte Leute. Wenn sie nicht bald eine Lösung fand, würde sie ihr Heim aufgeben müssen. Allein der Gedanke verursachte Ella ein Magengrummeln, doch gleichzeitig stieg Wut in ihr auf. Diesem Marlon würde sie es schon noch zeigen.

Zu Hause nahm sie als erstes ein heißes Bad. Während sie umhüllt von einer Wolke duftenden Schaums im Wasser plantschte, genehmigte sie sich ein, zwei Gläser Prosecco, nur um nach kurzer Überlegung noch ein drittes zu kippen. Der prickelnde Genuss hatte sie stets aufgemuntert, so auch jetzt. Beschwingt stieg sie aus der Wanne und trocknete sich ab. Dabei fiel ihr Blick auf den Spiegel, der die gesamte Wand neben der Tür beanspruchte; eine Fläche von drei mal drei Metern, so eine Größe war schwer zu ignorieren, und tatsächlich konnte sie nicht anders, als ihr Spiegelbild zu mustern.

Hatte sie wirklich zugenommen? Sie beugte sich ein kleines Stück nach vorn und kniff die Augen ein bisschen zusammen. Tatsächlich, ihre Taille war in die Breite gegangen, und auch an den Hüften hatte sie hässliche Pölsterchen. Sie wandte sich um und schielte über die Schulter. Hinten sah es nicht besser aus. Ihr Po war in jungen Jahren prall und rund wie ein Apfel gewesen. Jetzt erinnerte er sie in Form und Größe an die ausgehöhlten Kürbisse, die ihre Nachbarin im Herbst vor der Haustür aufbaute, bestückt mit angezündeten Kerzenstumpen, deren Hitze die Schale schrumpeln ließ.

Ella streckte dem Spiegel die Zunge raus und hüllte sich in ihren Bademantel. MTMM hatte recht, längst war es mit ihrer Topform vorbei. Eine alte Erdbeere schnitt im Vergleich zu einer frischen Frucht nun mal nicht gut ab.

Ella brauchte zwei weitere Gläser Prosecco, bis sie die Erkenntnis verdaut hatte. Dann rief sie ihre Mutter an.

Einen Tag später klingelte es an Ellas Wohnungstür. Ella war gerade dabei, das Frühstück mit einem Glas Prosecco zu beginnen, als Fortsetzung des vergangenen Tages gewissermaßen. Sie öffnete, und Mina Anders, ihre Mutter, rauschte herein. Die stattliche Frau zählte siebzig Lenze und war viel zu grell geschminkt für ein Tages-Make-up. Dazu trug sie ein blutrotes Kleid, das bis an die Zehen reichte und über das sie einen Umhang geworfen hatte, der mit goldfarbenen Zeichen übersät war.

Ella runzelte die Stirn. »Muss dieser Aufzug sein, Mama?«

»Aber gewiss, das bin ich mir und meinem Ruf schuldig.« Mina Anders bezeichnete sich als Hexe, und zwar als eine gute. Unter dem Namen Minerva Anderma, die Erste trat sie überall dort auf, wo sie ein Publikum fand, also auf Volksfesten und Mittelaltermärkten. Dort las sie die Zukunft der Leute aus Tarotkarten ab oder versprach die Erfüllung aller Träume, die sie in ihrer Glaskugel zu sehen glaubte. »Zeig mir deinen Laptop, Kind. Du hast doch einen, oder?«

»Natürlich, aber ich benutze ihn nur selten.« Ella führte ihre Mutter ins Wohnzimmer und legte den Laptop auf den Tisch.

Sogleich machte sich Mina daran zu schaffen. »Es sollte nicht allzu schwer sein, die Lösung für dein Problem zu finden. Wie ist dein Passwort?«

Ella zuckte mit der Schulter. »Was weiß denn ich.«

»Dein Passwort, bitte. Ich brauche es, um ihn zu starten.«

»Was weiß denn ich – so heißt es, mein Passwort.«

»Wie kommt man denn auf sowas?«

»Na ja, als ich mich das erste Mal an dem Ding angemeldet habe, war da die Aufforderung *Nennen Sie ein Passwort*, und ich habe gesagt *Was weiß denn ich*. Ich habe es dabei belassen.«

Mina verdrehte die Augen. »Kein Wunder, dass du mich brauchst, Kind. Allein kommst du eben nicht zurecht.«

Sie gähnte. »Ich war nicht untätig. Die ganze Nacht habe ich mich durch alle möglichen Krimiserien gezappt, und jetzt weiß ich, wie ich dir helfen kann.«

»Mit Krimis?«, fragte Ella.

»Irgendwo musste ich mir ja einige Anregungen holen. Du willst wieder mitmischen im Showgeschäft, doch da gibt es dieses ziemlich gemeine Spiel namens Auslese, richtig?«

»Stimmt. Anscheinend ist meine Schönheit dahin und meine Jugendzeit aus.« Trübselig starrte Ella auf die Flasche in ihrer Hand, dann hellte sich ihre Miene auf. »Aber Prosecco wäre noch da.«

Auf Minas Stirn erschien eine tiefe Falte. »Du solltest weniger trinken.«

»Das werde ich mir sowieso nicht mehr allzu lange leisten können. Ich bin nämlich blank.«

»Umso mehr sollten wir uns beeilen, damit dieser fiese Moderator die Fliege macht. Ein bisschen Rattengift sollte genügen.«

»Du willst ihn umbringen?«

»Hast du eine bessere Idee?«

Ella dachte daran, dass Marlon sie für zu alt und für zu dick hielt, und sie schüttelte den Kopf.

»Gut, nun müssen wir nur noch feststellen, was der Mann besonders gern isst.« Mina beugte sich erneut über den Laptop, und eine Stunde später hatte sie erfahren, was sie wissen wollte.

Am Abend stolzierte Ella erneut in das Aufnahmestudio auf dem Gelände der MMC GmbH. Sie hatte Glück, Marlon war vor Ort und damit beschäftigt, irgendwelche Requisiten hin und her zuschieben.

Bei Ellas Anblick guckte er böse. »Ich habe dir doch schon gesagt, dass ich keine Verwendung für dich habe. Du solltest ...«

»Und dafür möchte ich dir danken«, fiel Ella ihm schnell ins Wort. »Du hast mir endlich die Augen geöffnet, denn du hattest natürlich recht. Ich tauge nicht mehr zur Tänzerin und suche mir einen neuen Job. Zum Abschied habe ich dir Erdbeeren mitgebracht, sie sind ganz frisch geerntet.« Ella holte eine Tupperdose aus der Tasche und hielt sie MTMM unter die Nase.

»Wie passend, Schätzchen.« Marlon fingerte sich eine besonders große und saftige Beere heraus und steckte sie in den Mund. Er kaute, schmatzte und schluckte. »Das schmeckt fantastisch«, befand er dann.

Ella nickte lächelnd und drückte ihm die Schachtel in die Hand.

Eine halbe Woche darauf klingelte Ellas Telefon. Die Produktionsleiterin war am Apparat. Bedauerlicherweise stand Herr Marlon Till Mayer-Mayershausen nicht länger als Moderator von *Tutti Frutti* zur Verfügung. Unverhofft hatte ihn das Zeitliche gesegnet. Ob sie vielleicht einspringen könnte? Sie hätte doch Erfahrungen und wäre früher so gut beim Publikum angekommen.

Sofort machte sich Ella ins Studio auf, wo sie sich begeistert in die neue Aufgabe stürzte.

Leider hatten die Senderbosse darauf bestanden, ihr einen Assistenten zur Seite zu stellen, einen jungen Mann namens Rudolf Maximilian Klammer-Klammhofen, kurz RMKK. Sie sollte ihn einarbeiten und ihm helfen, sich zu mausern. Später würde er eine eigene Sendung bekommen.

Widerwillig fand sich Ella damit ab, doch schnell entdeckte sie, dass RMKK genauso scharf auf Erdbeeren war, wie sie es bei MTMM erlebt hatte.

Umgehend warf sie die Geranien aus ihren Balkonkästen und besorgte sich aus dem Garten ihrer Mutter ein paar Erdbeersenker. Schon bald würde sie stets ein paar der süßen Früchte parat haben, und von dem Rattengift stand ohnehin noch ein Rest im Küchenschrank herum. Nur für den Notfall natürlich.

April, April

Rita schlug die Augen auf. Sie brauchte einen Moment, um sich zu orientieren, dann wurde ihr bewusst, was sie geweckt hatte. Etwas war gegen die Fensterscheibe geprallt. Etwas Großes, sonst wäre sie von dem Geräusch kaum wach geworden.

Sie schlug die Bettdecke zurück und stand auf. Mit nackten Füßen tastete sie nach den rosaroten Plüschpantoffeln, irgendwo mussten sie stehen, doch sie fand sie nicht. Barfüßig lief sie zum

Fenster und schaute hinaus. Auf der Wiese vor der Villa sammelte Manfred Gegenstände auf. Sie schaute genauer hin und erkannt, was ihr Bruder Stück für Stück in einen Sack verfrachtete. Es waren Schuhe. Stiefel, Pumps und auch ihre Pantoffeln.

Rita riss das Fenster auf und lehnte sich hinaus. »Verdammt Manfred, was tust du da?«

Manfred hob den Kopf, bemerkte sie und kam zum Haus gelaufen. Unter ihrem Zimmer blieb er stehen und winkte zu ihr herauf. »Jemand ist in der Nacht bei uns eingebrochen, er wollte wohl deine Schuhe klauen, aber es ist ihm nicht gelungen. Ich habe ihn bemerkt, hätte ihn sogar fast erwischt, doch er ist entkommen. Wenigstens hat er seine Beute zurückgelassen.«

»Ich komme sofort runter«, befand Rita, aber Manfred hörte sie wohl nicht mehr, denn er war bereits in Richtung

Eingangsportal unterwegs und ihrem Blick entschwunden.

Als sie kurz darauf den Salon betrat, wartete er schon am Frühstückstisch, der Sack mit den Schuhen stand neben ihm.

Rita stürzte auf ihn zu. »Du lieber Himmel, ich mag gar nicht daran denken, was passiert wäre, wenn du diesen Einbrecher nicht aufgehalten hättest.« Sie inspizierte den Inhalt des Sackes. Soweit sie feststellen konnte, waren die Schuhpaare komplett.

Erleichtert atmete sie auf und setzte sich auf ihren Platz. »Du hast den Tisch gedeckt«, sagte sie verwundert.

Normalerweise war es ihre Aufgabe, für Essen und Trinken und auch den übrigen Haushalt zu sorgen. Manfred hingegen hatte die Chemiefabrik der Familie übernommen. Die Krüger AG, die seit Generationen Reinigungsmittel aller Art herstellte.

»Ich wollte dich heute überraschen.«
Manfred reichte ihr die Zeitung und
tippte auf die erste Seite.

Ritas Blick fiel auf die fetten Lettern,
in denen das Tagesdatum prangte, und
plötzlich dämmerte es ihr.

»April, April«, rief Manfred da auch
schon über den Tisch. Er grinste sie an,
und aus seinen Augen leuchtete reine
Schadenfreude.

Rita kniff die Lippen zusammen.
Wieder einmal war es ihrem Bruder
gelungen, sie zu veräppeln.

Im letzten Jahr hatte er mit Tränen in
den Augen verkündet, dass Peggy, ihre
geliebte Siamkatze, gestorben wäre.
Damit sie nicht gleich dahinterkam,
dass es nur ein Scherz war, hatte er
Peggy in den Keller gesperrt. Drei Tage
und Nächte musste das arme Tier dort
ausharren, und als Rita sie endlich
gefunden hatte, war Peggy nicht mehr
die alte gewesen. Statt Katzenfutter zu

fressen, hatte sie alles angeknabbert, was sie finden konnte. Stuhlbeine, Papierknäuel und Schuhe. Letztendlich hatte Rita Peggy einschläfern lassen müssen.

Im Jahr davor war es ihr neues Auto gewesen, das über Nacht zu einem Schrotthaufen geworden sei. Weil sie, anstatt in die Garage zu fahren, auf der abschüssigen Straße geparkt hatte und die Handbremse nicht angezogen war. Der Wagen wäre weggerollt und gegen die große Eiche geprallt, die neben der Einfahrt stand. Tatsächlich hatte das Auto eine Delle in der Motorhaube gehabt, aber nur, weil Manfred den Fahnenmast vor der Fabrik gestreift hatte.

Jedes Jahr dachte er sich eine andere Gemeinheit aus, aber diesmal war er zu weit gegangen. Er wusste schließlich, wie sehr sie ihre Schuhe liebte. Ruckartig stieß sie den Stuhl zurück und stand auf. »Der Appetit ist mir vergangen.« Sie griff sich den Sack und ging zur Tür. Im Hinausgehen warf sie den Kopf zurück.

»Ich bin dann drüben in der Firma«, rief Manfred ihr nach, doch sie tat, als hätte sie ihn nicht gehört.

Auf dem Weg zu ihren Zimmern überlegte sie, wie sie es dem Bruder heimzahlen könnte. Eine Zeitlang hatte sie gehofft, einen Mann zu finden, um ihn verlassen zu können. Ein eigenes Leben, davon hatte sie geträumt. Doch die Jahre waren vergangen, und weder sie noch ihr Bruder hatten geheiratet. Also lebten sie weiterhin gemeinsam unter dem Dach der Fabrikantenvilla, in der schon ihre Eltern und Großeltern gewohnt hatten.

Im Grunde bot das Haus genügend Platz, um sich aus dem Weg zu gehen, aber Manfred fand die Unterhaltung von zwei getrennten Wohnbereichen zu teuer, und da Rita noch nie über ein eigenes Einkommen verfügt hatte, war sie gezwungen, sich diesbezüglich den allzu strengen Wünschen ihres Bruders unterzuordnen. Das Taschengeld, das sie von ihm bezog, reichte gerade so, dass sie sich einmal in der Woche ein Paar neuer Schuhe kaufen konnte. Einen Tick, so hatte es ihr Bruder mal genannt, aber ihr bedeuteten all die Pumps und Sneaker, Sandalen und Stiefelletten eine Menge. Viel mehr besaß sie ja nicht, und Manfred würde sich hüten, ihr etwas von dem Reichtum abzugeben, den er mit dem Familienunternehmen scheffelte.

Seit ihrer Kindheit bestand zwischen ihnen eine Rivalität, die weit über den normalen Wettbewerb von Bruder und Schwester hinausging. So sehr sie sich bemüht hatte, für Manfred war sie nur ein ungeliebtes Anhängsel gewesen. Auch die Eltern hatten nichts dagegen unternommen, für sie galt Manfred als Krone der Schöpfung, schließlich war er der Erstgeborene und damit der Erbe, der über jeglicher Kritik stand. Sie war ein Nichts, doch das würde sich nun ändern.

Rita wartete, bis Manfred das Haus verlassen hatte, dann eilte sie in den Keller, wo sie sich heimlich ein kleines Labor eingerichtet hatte. Chemische Experimente lagen ihr im Blut, obwohl sie bisher mit niemandem darüber gesprochen hatte. Auch das würde sich jetzt ändern.

Sie starrte auf die Petrischale. Sie war sich so sicher gewesen, dass sich die Substanzen darin allmählich auflösen und zu einem Brei vermischen würden, sie musste dem Prozess nur genügend Zeit geben. Aber nichts war passiert. Kein Brei, nicht einmal ein Matsch hatte sich gebildet. Die pulverisierten Kamillenblätter waberten in bizarren

Schlieren auf dem Ölfilm, der von einem Extrakt aus gefriergetrockneten Pfefferminzblüten stammte, und die Kristalle, die sie aus den Senfkörnern gewonnen hatte, klebten wie leblose Fischleiber an den gläsernen Rändern der flachen Schale. Drei Wochen voll Zuversicht und voll Hoffnung waren dahin, drei Wochen, in denen sie die Zutaten wieder und wieder variiert hatte.

Resigniert kippte Rita die Einzelteile in den Müll. Vielleicht sollte sie ja doch lieber bei ihren Aufgaben als Hausfrau bleiben? Doch einen Versuch wollte sie noch machen, einen allerletzten.

Sie rührte zwei Teelöffel Kurkuma in etwas Kokosöl, gab Natronpulver dazu, Pfefferminzsud, Kamille und noch mehr Pfefferminze, um das Ganze dann mithilfe eines Spatels aus Holz zu vermengen. Nach und nach wurden die einzelnen Bestandteile zu einer einheitlichen Masse, von der Farbe, wie sie erbrochener Spinat hatte, und die auch so roch.

Vorsichtig nahm Rita mit dem Zeigefinger eine kleine Probe, die sie auf ihren Schneidezähnen verrieb. Der Geschmack war nicht der beste, aber erträglich. Schlimmer war der Schaum, der sich aufgrund ihres Speichelflusses bildete, der war wirklich widerlich.

Rita eilte zum Waschbecken und spuckte ihn aus. In ihrem Kopf pochte und hämmerte es. Um den Schmerz zu vertreiben, massierte sie eine Weile die Stelle über ihrer Nasenwurzel. Das hatte immer geholfen, und tatsächlich ließ auch diesmal der Druck bald nach, so dass sie sich wieder ihrem Versuch widmen konnte. Wie nur konnte sie den Geschmack verbessern? Und wie den widerlichen Schaum unterbinden?

Nach kurzem Überlegen reicherte sie die Paste mit noch mehr Pfefferminzöl an und mischte zusätzlich einen Löffel von der grünen Lebensmittelfarbe unter, die sie gewöhnlich zum Backen von Kuchen und Verzieren von Torten verwendete. Kaum fertig, gab sie ein Stück von der Größe ihres Fingernagels auf ihre Zahnbürste und begann, ihre Zähne zu putzen. Das Aroma war ihr gut gelungen, den Schaum konnte sie nicht ganz verhindern, zumindest aber verringern. Nach drei Minuten spülte sie den Mund aus und schaute in den Spiegel. Ihre Zähne glänzten in einem strahlenden Weiß, sie schimmerten wie neu.

Doch was war das?

Dort, wo über ihrer Nasenwurzel gewöhnlich zwei große steile Falten prangten, war die Haut auf einmal glatt wie ein frisch gebügeltes Laken.

Rita durchzuckte ein Gedanke. Der Klecks auf ihrem Finger - mit dem hatte sie ihre Stirn gerieben. Sollte das eine

Nebenwirkung der Zahnpasta sein? Die Glättung von Falten?

Aufgeregt bestrich sie mit der Paste ihre Augenwinkel, die Wangen und den Hals. Als sie sich wenig später im Spiegel betrachtete, waren wie von Zauberhand sämtliche Runzeln, Falten und Hautfurchen verschwunden.

Allmählich dämmerte es ihr, was ihr gelungen war: ein Mittel, das nicht nur der Mundhygiene diente, sondern das auch die gesamte Schönheitsindustrie revolutionieren würde. Eigenfett und Hyaloron, Botox und Hautstraffungen – all das wäre überflüssig, und wer weiß, wozu ihre Zahncreme außerdem von Nutzen war.

Womöglich konnte man damit auch Schmerzen behandeln? Das musste sie umgehend ausprobieren.

Rita plünderte die Hausapotheke.

Paracetamoltabletten, Aspirin und Spalt und Ibuprofenzäpfchen – sie griff alles, was sie fand, und mischte es zu einem Pulver, das sie im Anschluss der Zahnpasta zusetzte. Alles in allem sah das Ergebnis zufriedenstellend aus, bis auf die giftgrüne Farbe, die war noch da und ließ das Produkt erschreckend ungesund wirken.

Am Abend - Manfred war im Begriff zu Bett zu gehen – reichte sie ihm seinen Zahnputzbecher samt der elektrischen Bürste, auf die sie eine große Portion der Pasta gegeben hatte.

»Was, bitte schön, ist das?« Manfred verzog den Mund.

»Eine neue Zahncreme, einhundert Prozent vegan und klimaneutral. Die ist absolut im Trend.«

Manfred schrubbte und scheuerte seine Zähne, gleich darauf spuckte er aus. »Das Zeug schmeckt mir nicht.«

Fasziniert starrte Rita auf den grünen Schaum, der über die blassen Lippen des Bruders drängte. Je mehr Manfred schluckte, umso mehr wurde es.

Er würgte und rang nach Luft. Sein Gesicht verfärbte sich, erst weiß, dann rot und dann traten seine Augen aus den Höhlen, so dass Rita schon glaubte, sie würden herausschnipsen wie die kleinen Bälle, die sie als Kinder in die Luft katapultiert hatten, um sie mit einem Plastikbecher aufzufangen.

Vor Manfreds Mund bildete sich eine durchsichtige Blase, sie dehnte sich aus und wurde größer, bis sie mit einem Pffff zerplatzte. Im selben Moment sackte Manfred zusammen wie ein Ballon, aus dem die Luft entwichen war.

Als er am Boden lag, beugte sich Rita über ihn. Sie fühlte seinen Puls, aber sie konnte ihn nicht spüren. Manfred war tot.

»April, April«, murmelte sie zufrieden lächelnd. »Diesmal war ich es, die dich reingelegt hat.«

Ein bisschen tat ihr der Bruder leid, doch als sie an seine Scherze dachte, war diese sentimentale Regung schnell vorbei.

Sie reinigte die Zahnbürste und das Becken, putzte das ganze Bad und rief dann den Hausarzt der Familie an, um ihn über das Ableben ihres geliebten Bruders zu informieren.

Vier Wochen später wurde Manfred zu Grabe getragen. Rita hatte ihr Labor in die Fabrik verlegt, wo man sie täglich an neuen Versuchsreihen arbeiten sah. Inzwischen war sie ihrem Ziel ein großes Stück nähergekommen. Der Durchbruch stand jeden Augenblick bevor, und dann würde sie der Welt ihre neue Erfindung präsentieren. Eine Creme, die für jeden Körperteil und für jede Gelegenheit und noch dazu für Mann und Frau gleichermaßen taugte, einen Alleskönner sozusagen, für den sie auch schon einen Werbeslogan im Kopf hatte: Von Kopf bis Zeh – gegen Alter und Wehweh.

Waschen, föhnen, legen

Luise Bellmann betrat das Frisierstudio *Hair Modern*, das früher *Salon Marcel* geheißen hatte. An diesem Namen hielt Luise beharrlich fest, obwohl nichts im Inneren des Ladens auf einen Marcel hinwies. Das hatte es noch nie, aber Salons dieser Art agierten in Luises Jugendzeit, in den Siebzigern, nun mal oft unter der Bezeichnung *Marcel* oder auch *Charmant*, und Luise gab viel auf Traditionen. Deshalb hielt sie diesem Salon seit ihrem ersten Besuch beharrlich die Treue.

Ihre ehemalige Stammfriseurin war längst in Rente, die zweite hatte wegen eines höheren Einkommens den Beruf gewechselt, und die dritte – ihre derzeitige – war vor kurzem Oma geworden und befand sich im Moment im Urlaub, um das Enkelkindchen gebührend begutachten zu können.

Doch das wusste Luise nicht. Sie war in der Gewissheit angetreten, dass sie auch an diesem Tag in die gepflegte Schönheit verwandelt werden würde, die sie sonst immer darstellte, wenn sie mit frisch auf Vordermann gebrachter Frisur den Salon verließ, um sich im nächstgelegenen Eiscafé das übliche Stück Schwarzwälder Kirsch mit einer Extraportion Schlagsahne zu gönnen und dazu einen Cappuccino zu trinken. Auch das war ein Ausdruck ihrer Liebe für Traditionen.

Sie war ein wenig enttäuscht, als ihr die nette Kollegin am Empfang des

Friseursalons mitteilte, dass Ilona nicht zur Verfügung stünde, sie jedoch von ihrer Vertretung frisiert werden könne. Die Menschen in Sachsen besitzen viele gute Eigenschaften. Sie sind weltoffen, hilfsbereit und gemütlich und auch für ihre in vielerlei Hinsicht vorhandene Anpassungsfähigkeit sind sie bekannt, also stimmte Luise zu.

Aus dem hinteren Teil des Geschäfts tauchte ein junges Mädchen auf, führte sie zu einem der Arbeitsplätze und bat sie, sich zu setzen. »Hi, ich bin Nina. Was soll es denn werden?«

»Waschen, föhnen, legen. Wie immer«, gab Luise zurück.

»Hm.« Nina lupfte einige Strähnchen von Luises Bobfrisur und runzelte die Stirn. »Das wird schwierig.«

»Wieso?«

»Ihr Haar ist ziemlich dünn. Brüchig ist es ebenfalls. Das sind keine guten Voraussetzungen, um es in Form zu bringen. Für einen Bob sind kräftige Haare viel geeigneter, der fällt dann einfach besser. Wie gesagt, Ihre Haare sind ein bisschen spärlich.«

Luise war knapp siebenundsechzig, kein Wunder, dass sie dünne Haare hatte. Wie neunzig Prozent der Frauen in ihrem Alter. »Deshalb habe ich ja auch eine Kaltwelle, mein gutes Kind.«

»Kaltwelle? Sowas kenne ich nur vom Hören, ich selbst habe die noch nie frisiert. Ich muss noch viel lernen, ich bin ja erst im zweiten Lehrjahr, wissen Sie?«

»Es wird schon klappen«, meinte Luise, obwohl ihr ein bisschen mulmig wurde, doch wie Anpassungsfähigkeit, zählte auch Zuversicht zu den guten sächsischen Eigenschaften. Sie wollte ihr Bestes geben und beschloss, Nina helfend unter die Arme zu greifen. »Womit würden Sie beginnen?«, fragte sie forsch.

»Als erstes wasche ich Ihnen den Kopf.« Nina griff nach einem Umhang aus schwarzem Stoff und legte ihn Luise um die Schultern.

»Wohl kaum«, erwiderte Luise. »Als mir das letzte Mal der Kopf gewaschen wurde, haben Sie noch gar nicht gelebt. Damals war ich vierzehn, und ich hatte Nachbars Kirschen vom Baum stibitzt. Sie, mein Kind, waschen mir das Haar, einverstanden?«

»Natürlich, entschuldigen Sie bitte.« Nina guckte verwirrt. Ihr Gesicht hatte sich mit einer leichten Röte überzogen.

Nina begleitete Luise an den Waschplatz, der aus einem Stuhl und einem Standbecken bestand, in dessen Porzellan eine halbrunde Aussparung dafür sorgte, dass man den Kopf in den Nacken legen konnte, bis man nach oben sah. Kaum hatte Luise auf dem Stuhl Platz genommen und sich in eine bequeme Position gebracht, griff Nina zur Brause und begann. Sie schwelgte in Wasser, Shampoo, Spülung und wieder Wasser, zunächst eiskalt, dann viel zu heiß und erst beim dritten Versuch angenehm warm. Während Luise an die Decke starrte, versuchte sie, das Drücken des harten Porzellanbeckens im Genick zu ignorieren. Erleichtert atmete sie auf, als Nina endlich ein frisches Handtuch um ihre nassen Haare wickelte und sie zurück an den Frisierplatz führte. Ein letztes Rubbeln, dann legte Nina das Handtuch beiseite, um mit einem grobzinkigen Kamm die verfitzten Locken zu glätten.

Es ziepte gehörig, und Luise griff nach Ninas Handgelenk. »Langsam, Kindchen, sonst reißen Sie mir noch die letzten Haare aus.«

»Vielleicht hilft ein gutes Anti-Frizz-Produkt? Eine Spezialspülung oder ein Spray?« Ninas Stimme klang verzagt.

»Nichts da, ich möchte diesen chemischen Kram nicht auf meinem Kopf haben. Beginnen Sie mit dem Kämmen einfach an den Spitzen und arbeiten Sie sich allmählich zu den Wurzeln vor.«

Nina tat, wie ihr geheißen, und nach etwa dreißig Minuten hatte sich Luises Anblick von einem Struwwelpeter in eine Dame mit streng nach hinten gekämmtem Schopf verwandelt. Wie festgetackert klatschten die grauen Haare an ihrem Kopf. Luise fand sich überhaupt nicht schön.

»Ich sehe blass aus«, stellte sie fest.

»Das macht die Farbe. Ein kräftiger Ton würde Sie ganz anders wirken lassen, viel jünger.«

Jünger aussehen? Das konnte nicht schaden. »Was für eine wunderbare Idee«, befand Luise. »Färben Sie getrost los, aber übertreiben Sie es bitte nicht.«

»Obwohl jede Haarfarbe chemische Zusätze enthält?«

»Wer schön sein will, muss leiden«, wischte Luise Ninas Einwand beiseite. So viel Chemie mochte ein Färbemittel nun auch wieder nicht haben, dass es ihr gefährlich werden konnte.

Nina pinselte und schmierte, bis Luises Haare vollständig unter einer weißen Creme verschwunden waren, die auf der Kopfhaut brannte und Luise Tränen in die Augen trieb. Doch sie ertrug den Schmerz ohne Klagen.

Nach fünfundvierzig Minuten führte Nina sie erneut zum Haarewaschen, und wieder gab es reichlich Wasser, Shampoo und noch mehr Wasser für Luises Kopf. Als sie sich zurück am Frisierplatz die Augen getrocknet hatte und einen Blick in den Spiegel warf, zuckte sie zusammen. Das, was sie sah, ließ sie an Pumuckl denken.

»Wissen Sie was?« Nina tätschelte unbeholfen ihre Schulter. »Ein frischer Schnitt würde alles viel vorteilhafter machen. Etwas Kurzes, Freches wie es die Jugend heutzutage trägt.«

Luise musterte Ninas Frisur. Die junge Frau hatte eine lange schwarze Mähne, die ihr bis auf die Hüften hing. Sie sah aus wie Schneewittchen. »Eigentlich wollte ich keinen neuen Haarschnitt haben.«

»Wenigstens die Spitzen, die müssen ab.«

Ergeben nickte Luise und schloss die Augen. Die Schere klapperte und klapperte. Es war ein Geräusch, das Luise schläfrig machte. Ohnehin ging es bereits auf zwölf Uhr zu. Um diese Stunde hielt sie, die in aller Herrgottsfrühe aufstand und daher beizeiten zu Mittag aß, gewöhnlich ein Nickerchen.

»Fertig.«

Ninas fröhlicher Ruf holte Luise in die Wirklichkeit zurück, und sie riss die Augen auf. Ein bisschen was müsse schon ab, hatte das Mädchen gesagt.

Aber *ein bisschen* war relativ. Haare-
schneiden war anscheinend Ninas Lei-
denschaft, denn sie hatte weit mehr als
nur die Spitzen gekürzt. Im ersten Moment wusste Luise nicht, was sie sagen
sollte.

»Ich föhne kurz durch, und dann
wird gestylt.« Ninas Worte enthoben
sie jeder weiteren Reaktion.

Das Durchföhnen dauerte tatsächlich
nur wenige Minuten. Umso mehr Zeit
verwendete das Mädchen auf das
Zurechtzupfen einzelner Strähnchen,
die bald wie bei einem Igel in die Höhe
standen.

»Das war's.« Nina befreite sie von
dem Umhang und wedelte einige
Haare weg, die sich auf Luises Wangen
verirrt hatten. Dann schwenkte sie
einen Spiegel, so dass sich Luise von
allen Seiten begutachten konnte.

»Oh«, war Luises erste Reaktion.

Nina strahlte. »Sie haben eine neue

Frisur, und das für nur neunzig Euro. Klasse, was?«

Luise musste sich verhört haben. Neunzig Euro? Normalerweise kostete ihre Frisur einen Zwanziger, und selbst das war für sie viel. Wehmütig dachte sie an die Zeit, in der sie für waschen, föhnen, legen noch 3,58 DDR-Mark bezahlt hatte.

Wut stieg in ihr auf, erst heiß, dann kalt. Dieses junge Ding hatte ihre Frisur versaut und dafür sollte sie auch noch so viel Geld hinblättern? Niemals.

»Keinen Cent bekommen Sie von mir, und an meine Haare lasse ich Sie auch nie wieder«, schimpfte sie, aber Nina schien sie gar nicht zu hören. Sie hatte sich von Luise abgewandt und tippte auf ihrem Handy herum.

»Haben Sie mich verstanden?« Luise zupfte am Kittel der jungen Frau.

»Was?« Nina schaute kurz auf, eindeutig irritiert. »Sie sind fertig. Die

Kasse ist vorne im Eingangsbereich.«
Und schon war sie aufs Neue mit dem
Mobiltelefon beschäftigt, guckte Fotos
und Filmchen an und kicherte dazu.

Das war der Moment, in dem Luise
durchdrehte. Sie riss die Schere aus der
Halterung an dem fahrbaren Wagen,
der mit allerlei Utensilien wie Kämme
und Bürsten in verschiedenen Größen
sowie Haarklammern und Klemmen
gefüllt war. Mit der ganzen Kraft ihrer
alten Arme rammte sie die Klinge in
Ninas Leib.

»Uff«, machte Nina. Mit einem zweiten *Uff* brach sie zusammen und landete auf dem mit Haarabfall übersäten
Fußboden, direkt neben ihrem Telefon,
das weiter vor sich hin dudelte.

Grimmig stieg Luise über sie hinweg
und stiefelte auf den Ausgang zu.

»Sie müssen noch bezahlen«, rief ihr
die Kollegin an der Kasse nach.

Luise schüttelte den Kopf. »Schauen

Sie lieber nach Ilonas Vertretung, ihr scheint es nicht gut zu gehen.« Mit ein bisschen Glück würde die junge Frau nicht so schnell wieder wohlfrisierte Köpfe verschandeln können.

Luise machte, dass sie davonkam. Der Appetit auf Schwarzwälder Kirsch und Cappuccino war ihr vergangen. Ihr Ziel war der nächste Friseursalon. Einer, in dem man wusste, wie man Frauen wie sie zu behandeln hatte. Einer, wo man waschen, legen, föhnen noch wörtlich nahm.

Alles muss neu

Das Möbelhaus mit den vier großen Buchstaben befand sich keine hundert Meter hinter der Autobahn von der A9 gegenüber dem Einkaufscenter. Hier trafen hunderte Kaufinteressenten aus gleich zwei Bundesländern aufeinander, dazu nochmal so viele, die nur mal gucken wollten, was der Einzelhandel gerade bot. Es war ein Sonnabend im September, der zu kalt für Gartenarbeit war und auch zu regnerisch für andere Aktivitäten, die man im Freien ausüben konnte. Daher war der Parkbereich vor dem Möbelhaus bis auf den letzten Platz besetzt, so dass Georg eine halbe Stunde warten musste, bevor er den Wagen abstellen konnte. Ein Umstand, der nicht gerade dazu beitrug, seine Laune zu heben.

»Wie kann man nur auf die Idee kommen, ausgerechnet heute in dem Laden einzukaufen«, murrte er.

Georg war knapp zwei Meter groß und ein begeisterter Handballspieler. Samstags hatte er meistens Training, nur Karen zuliebe hatte er sich auf die Shoppingtour eingelassen.

Karen hakte ihn unter und zog ihn zu dem Stand mit den Einkaufswagen. »Montag, Mittwoch, Wochenende – völlig egal. Hier ist es immer voll. Wir brauchen ein Sofa und zwei Sessel. Ein Couchtisch wäre auch ganz gut. Und ein Regal für die Bücher, so ein großes. Du weißt schon.«

Georg wusste nicht, doch er nickte vorsichtshalber. Kaum hatten sie die Drehtür durchlaufen, nahmen sie den Fahrstuhl, der in die erste Etage führte. Dort klebten auf dem Fußboden dicke Pfeile, um Kunden den Weg zu weisen, den sie nehmen mussten, damit sie auch wirklich jeden Verkaufsartikel in Ruhe begutachten konnten und keines der vielen Sonderangebote versäumten. Vorbei ging es an diversen Ausstellungskojen. Eine jede war anders eingerichtet: als Kinderzimmer, Wohnraum oder als Büro.

In einer Schlafzimmerkoje steuerte Karen einen ausladenden Schrank an. Liebevoll strich sie über die Türen. »Der ist richtig schön.«

»Das ist aber kein Sofa, und ein Regal ist es auch nicht.«

»Aber er ist weiß. Der passt prima zu unseren Fensterrahmen, und da geht auch richtig viel rein.«

Georg studierte das Etikett. »Pax. 1,75 Meter breit und 2,01 Meter hoch. Das ist viel zu groß für unsere Zimmer. Außerdem ist es kein Sofa, sondern ein Kleiderschrank. Das suchen wir nicht, wir haben schon zwei.«

»Die sind aber nicht so hübsch, und wir brauchen doch irgendwann andere Schränke.«

Georg atmete tief ein. Karen und ihre Alles-muss-neu-Mentalität.

Zugegeben, sie hatte auch etwas Gutes, denn nur deshalb hatten sie zueinander gefunden. Das war vor vier Jahren gewesen. Karens Ex war damals schon ziemlich in die Jahre gekommen, er war faul und dick geworden und konnte Karen seit längerem nicht mehr gerecht werden. Die sportliche Karen hingegen war Stammgast bei den Spielen der Leipziger Handballer gewesen, und dort waren sie sich das erste Mal begegnet. Georg war aus dem

Umkleidetrakt gekommen und dabei förmlich über Karen gestolpert, die eine Toilette gesucht hatte. Zwischen ihnen war sofort der sprichwörtliche Funke übergesprungen. Bald darauf hatte Karen einen Schlussstrich gezogen und statt ihrem alten Sack ihn, Georg, genommen.

Anfänglich hatte er sich wie im siebten Himmel gefühlt, inzwischen aber fragte er sich manchmal, wann Karen auch ihn austauschen würde. Erst letzte Woche, da hatte sie eine Andeutung gemacht, die ihn noch immer beunruhigte. Etwas in der Art, dass sie gern einen Mann hätte, der sie mehr unterstützen würde. Karen war Heilpraktikerin und arbeitete halbtags in einem Yogazentrum.

Georg schlenderte weiter. Nichts von all dem ausgestellten Zeug interessierte ihn. Aber die Namen der Möbelstücke, die waren lustig. Da gab es Hauga, eine

Kommode mit drei Schubladen. Oder Gladstad, ein gepolstertes Bettgestellt. Und Godmorgon, ein Hochschrank in sechs Varianten. Wer um Himmels Willen dachte an einen guten Morgen, wenn er im Bad vor einem Schrank stand?

Achselzuckend ging Georg weiter, querte die Kleinmöbelabteilung, um eine Abkürzung zu nehmen, die keine war, und wandte sich mal rechts-, mal linksherum, bis er feststellte, dass er sich verirrt hatte. Er reckte den Hals und spähte über die Köpfe der anderen Kaufwilligen hinweg, aber von Karen war nichts zu sehen. Er hatte sie aus den Augen verloren, doch ein Telefonat würde klären, wo sie war. Georg zückte sein Handy, um sie anzurufen. Kein Empfang, das musste an dem vielen Stahl und Beton um ihm herum liegen. Vielleicht konnte ein Verkäufer weiterhelfen? Bestimmt hatten die ein

Mikrofon, um jemanden auszurufen. Kinder zum Beispiel. Oder Ehefrauen. Suchend schaute er sich um, aber es war kein Personal in der Nähe. Daher beschloss er, weiter den Pfeilen auf dem Boden zu folgen. Irgendwo mussten die enden und bestenfalls würde dort Karen auf ihn warten.

Tatsächlich führte ihn der Weg durch eine Halle, in der in endlos langen Regalreihen fix und fertig verpackte Möbelstücke auf ihre Mitnahme warteten. Weiter ging es einen Gang zwischen riesigen Kisten mit Kerzen, Teelichtern und Servietten entlang bis zum Kassenbereich. Von Karen keine Spur, dafür drang aus dem hinter den Kassen befindlichen Schwedenbistro der leckere Duft von Hotdogs in seine Nase, sodass sein Magen zu knurren begann. Er drängte sich an den Kassen vorbei und erstand neben einem Hotdog auch etwas Süßes. Eine

Kanelbulle, zu Deutsch Zimtschnecke. Die verstaute er für später in der Jackentasche.

Nachdem sich Georg gestärkt hatte, machte er sich erneut auf den Weg, vorbei an den Kojen, den Kommoden und den Betten und wieder zurück zu dem Pax-Schrank, der seiner Frau so gefallen hatte, aber auch dort war sie nicht.

Georg überlegte. Was würde Karen tun, wenn sie feststellte, dass sie sich verloren hatten? Bestimmt würde sie ihn suchen, und zwar dort, wo sie zuletzt beieinander gewesen waren. Also an dem Schrank. Er musste nichts weiter machen, als hier auszuharren.

Von der ganzen Herumlauferei taten ihm die Füße weh. Normalerweise stand in jeder Koje irgendein Sessel oder wenigstens ein Hocker oder Stuhl herum, in dieser aber nicht. Blieb der Schrank. Georg öffnet ihn, setzte sich hinein und schloss die Tür hinter sich. Kurz darauf war er eingeschlafen.

Als er Stunden später erwachte, war es dunkel. Stille herrschte. Georg drückte an die Tür, doch sie öffnete sich nicht. Er stemmte die Füße dagegen, stieß und trat. Nichts geschah. Laut rief er um Hilfe, er schrie, was die Lungen hergaben, aber niemand schien ihn zu hören. Anscheinend hatten alle Leute das Möbelhaus inzwischen verlassen. Er war allein, eingesperrt in diesem doofen Schrank. Aber was war mit Karen? Hatte sie ihn nicht gesucht? Sie musste ihn doch vermisst haben. Oder war das die Gelegenheit, auf die sie gewartet hatte? Weg mit dem Alten, um frei zu sein?

In seiner Tasche raschelte Papier. Die Zimtschnecke, wenigstens musste er nicht hungern. Er packte sie aus und nagte daran herum. Sie war trocken und hart, und nur mit Mühe würgte er ein paar Krumen herunter. Wehmütig dachte Georg an die Kekse, die Karen zu Weihnachten machte. Die Schweden mochten noch so lustige Namen für Möbel haben, aber gute Backwaren? Fehlanzeige. Eigentlich hätte er sich das denken können, schließlich wusste er seit ihrem letzten Urlaub im Norden, wie Kuchen auf Schwedisch hieß: nämlich Kaka.

Er verzog den Mund und betrachtete missmutig die Zimtschnecke zwischen seinen Fingern. Vielleicht würde er sie später essen.

Irgendwann nickte Georg wieder ein.

Es dauerte einundzwanzig Tage, dann wurde er entdeckt, durch einen Zufall. Der Schlafzimmerschrank Pax sollte an einer anderen Stelle aufgestellt werden, aber weil er so groß war, musste er für den Umzug auseinandergebaut werden. Die Möbelmonteure staunten nicht schlecht, als sie Georgs Leiche fanden. Es war kein schöner Anblick, eines aber war noch gut erhalten: die Kanelbulle. Georg hatte das süße Zimtgebäck noch immer in der Hand.

Aus Prinzip

»Und Sie? Was wollen Sie sonst noch über mich wissen?«

Emil hatte schon jede Menge erzählt: dass er bis zu seiner Rente als Koch gearbeitet hatte, seit kurzem in diesem Altersheim lebte, und dass im nächsten Monat sein Geburtstag anstand. Achtzig Jahre wäre er dann, eigentlich zu alt für Martha, die im Frühjahr ihren Sechzigsten gefeiert hatte. Aber wie heißt es so schön? Ein reifer Mann ist wie guter Grünkohl, da schadet es nicht, wenn der Frost drüber gegangen ist. Außerdem war Emil der Einzige, der ihr bei diesem Speed-Dating-Nachmittag im Seniorenheim ins Auge gestochen war. Im Gegensatz zu den anderen Männern hatte Emil zwar weißes, aber volles lockiges Haar, um das sie ihn ein wenig beneidete. Ihre dunkelbraunen Haare waren eher dünn, an manchen Stellen schimmerte sogar die rosige Kopfhaut durch. Angeblich wäre das auf ein jahrelanges Färben zurückzuführen, so hatte sie mal in einer Frauenzeitschrift gelesen, aber das war gewiss bloß ein Mythos.

Martha hielt an den vierzehntägigen Behandlungen mit der Intensiv-Color-Creme in Mahagoni fest. Eine Frau mit grauem Kopf wirkte gleich doppelt so alt, und das passte nicht zu ihrem hin und wieder aufkeimenden Gefühl von Jugendlichkeit, das sie vor allem dem Tragen hautenger Lederleggins und knapper Tops verdankte, vorzugsweise aus Materialien, die sich dehnten, so dass sich die Kleidungsstücke jedem Körper anpassten.

Sie musterte Emil und dachte nach. Was konnte man so einen Silberpudel wohl fragen? Haben Sie noch eigene Zähne? Was macht die Prostata? Und sind Sie geistig auf der Höhe? Zwar waren das alles interessante Punkte, doch solche Fragen verboten sich von selbst.

»Was essen Sie am liebsten?«, fragte sie schließlich.

»Gemüse, das mag ich besonders. Ich bin Vegetarier.« Emil guckte, als wäre das eine große Leistung. »Ich ernähre mich gesund und selbstverständlich auch sehr bewusst. Nur deshalb bin ich noch so fit, und für den Fall, dass ich hinfällig werde, habe ich vorgesorgt. Patientenverfügung, Sie verstehen? Ich will kein Dahinsiechen.«

Martha nickte und zuppelte an ihrem Oberteil herum, damit der tiefe Ausschnitt besser zur Geltung kam.

Noch vor 150 Jahren hatten die Leute eine Riesenangst vor einem Scheintot gehabt, daher ließen sich viele eine Glocke an den großen Zeh binden, damit man sie hörte, falls sie sich im Sarg doch noch regten. Heute war das anders. Da befürchtete niemand mehr, zu früh ins Grab zu kommen, sondern eher, zu lange künstlich am Leben gehalten zu werden. Intensivmedizin, so nannte man das. »Ich denke noch nicht an den Tod«, sagte sie.

Emil lächelte sie an. »Das gefällt mir. Sie sind genau mein Typ. Vielleicht möchten Sie mal mit mir speisen? Ich kenne ein hübsches Restaurant, das *Veggie-Hack*.«

»Hack? Das soll vegetarisch sein?«

»Für jedes Fleischgericht gibt es eine Alternative, die aus Pflanzen besteht.

Buletten, Roster, Schnitzel – was immer Sie wollen.«

»Dann dürften die Dinger aber nicht so heißen, das ist eine Frage des Prinzips.«

»Geschmacklich macht das keinen Unterschied, dafür tut der Verzicht auf tierische Produkte uns Menschen ganz gut.«

Mir nicht, dachte Martha, sagte aber nichts.

Emil hob den Zeigefinger. »Wussten Sie, dass Kühe durch Rülpsen und Pupsen fast fünfzehn Prozent aller Treibhausgase freisetzen? Die Viecher zerstören die Ozonschicht, und es ist unsere Pflicht, das aufzuhalten. Die Natur liebt uns, aber dafür müssen wir auch Opfer bringen.«

So einen Quatsch hatte Martha noch nie gehört. Mutter Natur und die Menschen lieben? Wenn es so wäre, dann würden Bärlauch und Maiglöckchen sich nicht zum Verwechseln ähneln, und es gäbe auch keine Knollenblätterpilze.

»Haben Sie schon mal Schnitzel aus Sellerie gekostet?«, wollte Emil wissen.

Hatte sie, das war schon einige Jahre her. Trudi hatte sie eingeladen. Die Freundin aus der Jugendzeit war als Ernährungsberaterin tätig und hatte zum Abendessen ein Menü gezaubert, das hauptsächlich aus Blattsalat und besagten Selleriescheiben bestand.

In der Nacht darauf war Martha speiübel geworden, dazu waren fiese Magenkrämpfe gekommen. Ihr ganzer Leib hatte geschmerzt, und weil trotz Heizkissen und Bio-Kamillentee keine Besserung eingetreten war, hatte Trudi sie ins Krankenhaus gebracht. Dort hatte man sie gründlich durchgecheckt und festgestellt, dass es an ihrer Leber lag. Weil die von Fett nur so strotzte. Jahrelang war sie ein Fan von Pizza, knusprigen Pommes und Currywurst gewesen und es war ihr dabei immer gut gegangen, aber kaum hatte sie mal was Gesundes gegessen – peng, eine Fettleber.

»Gemüsescheiben sind nicht so mein Ding«, sagte sie.

»Schnitzel, nicht Scheiben.« Erneut hob Emil den Zeigefinger.

»Ein Schnitzel ist aus Fleisch, Sellerie hingegen ist Gemüse.«

»Aber gesünder.«

»Das kann sein, doch hinsichtlich der Bezeichnung von Lebensmitteln spielt das keine Rolle. Fleisch ist Fleisch, da geht es ums Prinzip.« Allmählich fing Emil an, ihr auf die Nerven zu fallen, aber weil er trotz allem so nett lächelte, lud sie ihn zu sich nach Hause ein.

Ein paar Monate später war Emil bei Martha eingezogen. Zwar verfügte die Wohnung nur über zwei Zimmer, doch sie kamen ganz gut damit zurecht. Emil war oft an der frischen Luft. Im Grunde lief alles prächtig, nur beim Essen, da schieden sich ihre Geister.

Martha wollte nicht auf tierische Produkte verzichten, Emil hingegen bestand auf einer rein pflanzlichen Kost.

Jeden Morgen zerquetschte er Obst und Gemüse zu einem dickflüssigen Juice, und mehr als einmal war Martha geneigt zu sagen, er solle nicht mit dem Essen spielen. Nachdem sie jedoch im Supermarkt Flaschen aus Kunststoff mit einer ähnlichen Substanz namens Smoothie für 5,79 Euro gesehen hatte, ließ sie Emil einfach machen. Sie schaute nur nicht mehr hin, wenn er sein Frühstück zubereitete.

Es war an einem Montag. Emil kam von seinem üblichen Einkaufsbummel über den wöchentlichen Bauernmarkt zurück, im Gepäck einen Bund Möhren und dazu Kartoffeln. Außerdem packte er einen mickrigen Kohlkopf aus, der noch dazu vertrocknet aussah.

»Was soll ich damit?« Martha hasste Kraut aller Art.

Sacht strich Emil über die Blätter. »Er tat er mir leid. Weil er der letzte war.«

»Wie bitte?«

»Wie er da so allein in der Auslage lag – richtig traurig sah er aus. Ich musste ihn einfach mitnehmen, das verstehst du bestimmt.«

»Nein, das tue ich nicht. Pflanzen haben keine Gefühle, da bin ich mir ziemlich sicher. Außerdem ist dieser Kohl richtig hässlich.«

Emil zuckte zusammen. »Pst, nicht so laut. Wie soll er sich denn bei uns eingewöhnen, wenn du ihn gleich an seinem ersten Tag so beleidigst?«

Martha schnappte nach Luft.

Emil hingegen legte den Kohlkopf auf einen Teller, dann holte er Möhre um Möhre aus dem Henkelkorb und drapierte sie um ihn herum, so dass sie einen Kranz bildeten. Es waren schon zwanzig Stück, und noch immer war der Korb halbvoll.

Martha verfolgte sein Tun, sie hatte die Arme vor der Brust verschränkt. »Lass mich raten, Emil. Du musstest sämtliche Karotten kaufen, weil auch sie in der Auslage traurig ausgesehen haben.«

»Unsinn, die lagen in einer Stiege.« Emil guckte verschnupft. »Ich glaube, sie könnten Geschwister sein. Guck nur, wie ähnlich sie sich sind. Als wären sie alle aus demselben Wurf.« Behutsam arbeitete er sich durch die Möhrenflut, bis auch die letzte auf dem Teller lag. Emil stupste sie mit dem Zeigefinger an und kraulte ihre Seite, als wäre sie ein junger Hund.

Auf einmal war Martha alles klar. Emil hatte den Verstand verloren. Sie raffte das Gemüse zusammen, warf es zurück in den Korb und drückte ihn Emil in die Hand. »Nimm den Grünkram und verschwinde. Raus hier und lass dich nie wieder bei mir sehen.« Sie stieß ihn zur Tür.

Emil stolperte, stürzte zu Boden und knallte mit der Stirn an den tönernen Pflanztopf mit dem Zitronenbaum, den er beim Einzug angeschleppt hatte. Es gab ein unschönes Klonk. Reglos blieb er liegen, und Martha dachte schon, er hätte sich etwas Schlimmes getan, doch dann rappelte er sich wieder auf. Als er wie ein Häufchen Elend in der Tür stand, die weißen Haare verstrubelt und das Gemüsekörbchen wie einen Schatz umklammernd, tat er Martha dann doch leid.

»Lass uns erst noch zu Mittag essen, bevor du gehst«, murmelte sie, und dann wärmte sie die Kartoffelsuppe auf, die vom Vortag übriggeblieben war.

Während Emil als Einlage eine der Möhren in Stücke schnitt, schnippelte Martha für sich eine Bockwurst in Scheiben. Stumm aßen sie.

»Schmeckt es dir?« Emil deutete auf die Wurststückchen, die in ihrer Suppe schwammen.

»Natürlich, es ist schließlich Fleisch.«

»Da irrst du dich, ich habe die Wurst vertauscht. Das, was du gerade futterst, besteht nicht aus Fleisch, sondern aus Soja, Erbsen und Aroma.«

Martha ließ den Löffel sinken und starrte Emil an. Der aß weiter, als hätte er nichts gesagt. Ein besonders großes Stück Karotte verschwand in seinem Mund, er schluckte und würgte, dann wurde sein Gesicht ganz rot und schließlich kippte er vornüber, direkt auf den Tisch.

Martha sprang auf, hievte ihn hoch, doch es war bereits zu spät. Emil war tot, erstickt an einer Karotte. Ihr Blick wanderte zu ihrem Teller, auf dem ein einzelnes Scheibchen veganer Wurst in der Suppe schwamm. Eigentlich sah es recht lecker aus. Sie runzelte die Stirn. Was dachte sie sich bloß? Entschlossen fischte sie das Stückchen heraus. Das da war keine Wurst, also durfte es sich auch nicht so nennen. Mit einem Schwung landete das Stück im Abfall-eimer. Gemüse blieb nun mal Gemüse. Einfach aus Prinzip.

Jagdfieber

»Guten Tag.« Hans-Rüdiger nickte in die Runde und schloss hinter sich die Tür. Er steuerte den Wartebereich an und ließ sich auf einen Hocker fallen neben einem Mann mit einem runden Gesicht und einem Teint, der an einen frostigen Wintermorgen erinnerte.

»Sie müssen sich erst am Schalter melden«, sagte der Mann und wies in Richtung des Empfangsbereiches, an dem ein junges Ding von etwa zwanzig Jahren hinter einer Plexiglasscheibe saß und Papiere ordnete.

Ergeben nickte Hans-Rüdiger, ging zu dem Tresen und räusperte sich.

Das Mädchen schaute kurz auf. »Ja, bitte?« Sie trug ein Namensschild, doch Hans-Rüdiger konnte nicht entziffern, was darauf stand. Irgendetwas mit K. Katrin oder Karin vielleicht.

»Mein Pluto hat etwas mit dem Magen«, sagte er.

»Pluto ist Ihr Hund?«

»Mein Dackel. Er ist sieben und frisst seit kurzem nicht mehr richtig, dabei hat er bis dahin gewaltig reingehauen und jede Menge Karnickel verdrückt.«

Katrin oder Karin nickte verstohlen in Richtung eines zehnjährigen Jungen, der einen Käfig auf seinen Knien hielt. In dem Käfig hockte ein mümmelndes Kaninchen, weiß und fluffig leuchtete sein Fell durch das Gitter. Das kleine Gesicht das Jungen leuchtete genauso weiß, wahrscheinlich, weil er zugehört hatte.

»Ist etwas?«, fragte Hans-Rüdiger.
Da das Mädchen keine Antwort gab,
setzte er hinzu: »Die Keulen von den
Hoppelviechern mag er am liebsten.
Nur schön fett müssen sie sein.«

Von der Seite, auf der der Junge saß,
schwebte ein zittriges *Oh* durch den
Raum.

»Wie ist Ihr Name?«, wollte Katrin-
Karin wissen.

»Wolf, Hans-Rüdiger. Mein Dackel
heißt Pluto, aber das habe ich ja schon
gesagt. Pluto Wolf, gewissermaßen.«

»Nehmen Sie Platz. Ich gebe Ihnen
dann Bescheid, wenn Sie zum Doktor
können. Ihren Hund haben Sie wohl
noch draußen, oder?«

»Pluto wartet im Auto. Das ist besser,
er muss sein Lebendfutter ja nicht
unbedingt in einem Käfig vor die Nase
gesetzt bekommen. Das macht ihn bloß
unnötig wild.« Hans-Rüdiger grinste
dem Jungen mit dem Albinokaninchen

zu. Er fand seinen Witz zum Schießen komisch und grinste noch, als er längst wieder auf seinem Stuhl saß.

Die übrigen Leute im Wartebereich reagierten wesentlich verhaltener. Der dicke Mann rechts neben ihm drückte das Hühnchen auf seinem Arm eng an die Brust, er schaute Hans-Rüdiger nicht an.

Die ältere Frau auf Hans-Rüdigers linker Seite flüsterte ihrem Tier etwas ins Ohr. Es klang wie *Hör nicht auf den bösen Mann*.

Interessiert musterte Hans-Rüdiger das Vieh, das sie auf dem Arm hielt, und versuchte dabei festzustellen, um was es sich handeln mochte. Auf beeindruckende Weise ähnelten sich das Tier und seine Besitzerin. Beide waren dürr wie Besenstiele. Das Tier war kahl, im Gegensatz dazu hatte die Frau kräftige Büschel von Haaren auf dem Kopf, die an die Frisur eines Pudels erinnerten.

Die Pudelfrisur musste seinen Blick bemerkt haben und erklärte: »Das ist eine Don Sphynx, eine Nacktkatze.«

»Abartig.« Hans-Rüdiger schüttelte sich.

Ein Zucken lief über das Gesicht der Frau, als sie sich zu den Ohren der Katze beugte, die lang waren und wie bei einem Esel in die Höhe standen. »Böser Mann.« Dieses Mal waren ihre Worte bis in die letzte Ecke des Wartezimmers zu vernehmen.

Hans-Rüdiger hob die Augenbrauen. »Soll Ihre nackte Miezekatze kastriert werden?«

»Das geht Sie gar nichts an.«

»Ich meine ja nur. Wenn ich mir das Kerlchen so anschaue ... mager wie ein Model. «

»Das Kerlchen ist ein Mädchen.«

»Ich würde Pluto niemals kastrieren lassen. Ein Mann muss Mann bleiben. Das ist gut für den Trieb.«

»Ich bitte Sie.« Die Pudelfrisur nickte in Richtung des Jungen.

»Ich habe vom Jagdtrieb gesprochen, meine Gute, oder dachten Sie etwa an Sex?«

»Ich bin nicht Ihre Gute, ich bin eine Dame, Sie Blödmann.«

Hans-Rüdiger zuckte mit der Schulter und wandte sich zurück an seinen Nachbarn mit dem Huhn. »Was fehlt Ihrem Vogel denn?«

»Gerlinde hat ein Trauma.«

»Gerlinde?«

»Meine Henne. Sie ist die Beste, die ich jemals hatte. Täglich hat sie ein Ei gelegt, immer fleißig und zuverlässig. Bis vor zwei Tagen jedenfalls, da ist es nämlich passiert, das Trauma.«

Hans-Rüdiger dachte an Lilo, seine Frau. In letzter Zeit hatte sie sich verändert. Erst war es eine andere Frisur samt Farbe gewesen, rostrot wie die Mähne einer Hexe. Dann kamen neue

Klamotten in den Schrank, so ein Rock zum Beispiel, rosarot, als wäre Lilo Dornröschen, und außerdem reagierte sie seit kurzem ungehalten, wenn er zärtlich zu ihr war. Nach dem letzten Mal hatte sie sogar tagelang kein Wort mit ihm gewechselt. Weil er ein traumatisches Erlebnis wäre, hatte sie ihm gesagt, als er eine Erklärung gefordert hatte.

»Ich wette, es liegt am Hahn, dass Ihre Henne leidet«, sagte er.

»Ach was, ein Fuchs ist schuld.« Der Dicke seufzte.

»Das ist doch nicht möglich!« Hans-Rüdiger packte den Mann am Arm. »Ich könnte Sie knutschen. «

»Unterstehen Sie sich!« Der Dicke schüttelte Hans-Rüdigers Hand ab.

Doch der ließ sich nicht beirren. »Sie schickt der Himmel. Sie machen mich zum glücklichsten Menschen der Welt. Seit Monaten will ich Pluto eine Freude machen. Er jagt doch so gern, aber jetzt ist Schonzeit, da hat man keine Chance auf eine Hatz. Außer, es gibt dafür einen triftigen Grund. Ihre Zucht ist bedroht, stimmt's? Ein Fuchs treibt sein Unwesen, er schleicht sich in Ihren Stall und mordet das Federvieh. Sowas darf man nicht dulden, dagegen muss man etwas unternehmen, also haben Sie um Hilfe gebeten. Und bitte schön, ich bin zur Stelle. Ich fange für Sie den Fuchs und bringe ihn zur Strecke.«

Der Hühnerhalter guckte skeptisch. »Verstehen Sie denn etwas davon?«

»Na klar, letztes Jahr zum Beispiel ...« Hans-Rüdiger kam in Fahrt und gab das schönste Jägerlatein zum Besten. Er wurde erst gestoppt, als Katrin-Karin den Dicken ins Behandlungszimmer bat.

Hans-Rüdiger ging, um Pluto aus dem Auto zu holen. Kurze Zeit später war auch er an der Reihe. Der Arzt stelle bei Pluto einen gereizten Darm fest und verordnete strenge Diät. Vom Verzicht auf eine Fuchsjagd sagte er nichts, und so kam es, dass Hans-Rüdiger und Pluto zwei Tage später auf dem Hühnerhof des Dicken eintrafen. Nach einer kurzen Besichtigung des Tatortes nahm Pluto die Spur auf und wetzte geradewegs in Richtung des in der Nähe liegenden Wäldchens.

Hans-Rüdiger hatte Mühe, ihm zu folgen, vor allem, weil ihn das Gewehr beim Rennen behinderte. Von weitem sah er etwas über die schmale Grasnarbe vor dem Waldrand huschen. Rostrot blitzte es durch das Gestrüpp. Er legte an und schoss. Dann hatte Pluto die Beute erreicht. Ein Jaulen erklang, dann ein Wimmern.

Im Näherkommen erkannte, Hans-Rüdiger, was er getroffen hatte. Da lag ein Mensch, eine Frau in einem Rock, der ihm bekannt vorkam. Er hatte rosa

Rosen auf einem roten Grund, wie der Rock von Lilo, seiner Gattin.

Hans-Rüdiger stürzte auf die Fremde zu, drehte sie um und erstarrte. Es war Lilo, die vor ihm lag, und sie hatte eine tiefe Wunde in der Seite, aus der ein Blutschwall drang.

Erschrocken richtete er sich auf und schrie: »Hilfe. Ich brauche Hilfe.«

Lilo stöhnte leise. Ihre geschlossenen Lider flatterten, hoben sich dann aber langsam, als kostete es Lilo unendliche Mühe, die Augen zu öffnen. Sie schaute ihn an. »Du, Hansi? Wolltest du mich etwa umbringen?«

»Aber nein, wie kannst du das bloß denken? Ich dachte, du wärst dieser Fuchs. Es war ein schreckliches Missgeschick, ein Unfall. Zum Teufel, was musstest du auch ausgerechnet hier herumstreifen.« Er schob die Hand unter Lilos Kopf und hob ihn ein Stückchen an, damit sie leichter atmen konnte.

»Das glaube ich dir niemals. Damit kommst du nicht durch, Konrad wird mich rächen.« Lilo hustete, ein Schwall Blut drang über ihre Lippen.

»Konrad?«

In Hans-Rüdigers Rücken tauchte ein Schatten auf. »Was ist mit mir? Reden Sie von mir?«

Der Hühnerzüchter trat näher. Bei Lilos Anblick zuckte er zusammen. »Mein Gott! Sie hat mir erzählt, wie boshaft und rachsüchtig Sie sind, aber mussten Sie die Arme gleich töten? Nur, weil wir ein Verhältnis hatten?«

Deshalb also war Lilo in letzter Zeit so abweisend gewesen. Heiß wallte es in Hans-Rüdiger auf. Er stand auf, lud das Gewehr durch und drehte sich zu Lilos Liebhaber um.

Mit großen Augen starrte der Dicke auf die Waffe. »Sie werden doch nicht …«

Hans-Rüdiger zog den Abzugshebel

durch, und Konrad kippte um wie ein gefällter Baum. In seiner Brust klaffte ein Loch.

Ohne sich um Lilo oder den Dicken zu kümmern, sicherte Hans-Rüdiger mit der gebotenen Sorgfalt sein Gewehr.

Was für ein Pech, dass der Hühnerzüchter und Lilo, seine Besucherin, nicht aufgepasst hatten, und ihm bei der Jagd auf den Fuchs direkt vor die Flinte gelaufen waren.

Nach einem letzten Blick wandte er sich ab. Noch hatte er eine Aufgabe zu erfüllen. Der Fuchs wartete, und Pluto würde ihn stellen. Denn eines stand fest: Ein Hans-Rüdiger erfüllte jeden Auftrag bis zum letzten Ende.

Getrunken wird immer

Geschafft. Mark, Wirt und Inhaber des *Rosengartens*, rammte einen Korken in den Hals der letzten Flasche und stellte sie zu den anderen ins Regal. Innerhalb der letzten drei Stunden hatte er an die fünfundsiebzig Mal die immer gleichen Handgriffe getan: das Leergut, in dem ehemals ein guter Rotwein gewesen war, ausspülen, mit dem billigen Ersatz vom Discounter füllen und dann die Flasche verschließen. Sah aus wie neu, die Gäste würden hundertpro nichts davon bemerken. Von tausend Leuten hatte höchstens einer den geschulten Gaumen, den es brauchte, um einen exquisiten Rotwein zu erkennen. Die breite Masse trank einfach, was er auf die Tische stellte, jedenfalls traf das auf die Menschen zu, die heute Abend im *Rosengarten* auftauchen würden.

Es stand die monatliche Singleparty auf dem Programm, die Gäste im Alter von achtzehn bis achtzig anlockte, ein jeder auf der Suche nach einem Partner oder einer Partnerin. Wer achtete schon angesichts der großen Liebe auf das, was er soff?

In Erwartung des Abends hob Mark die Schultern und ließ sie kreisen. Sein Nacken schmerzte. Mit Mitte vierzig war er nicht mehr der Jüngste, und von einem sportlichen Körper konnte er nur träumen. Er kam nach seinem Vater, war mager und ohne Kontur, da konnte er noch so viel trainieren und die Gewichte stemmen. Muskelberge waren nicht drin. Ohnehin hatte er in letzter Zeit das Training oft genug ausfallen lassen. Weil er dafür kein Geld gehabt hatte, aber das würde sich bald ändern.

Die neuen Singlepartys versprachen ein gutes Geschäft für Mark, ohne sie hätte er das Lokal längst dichtmachen müssen. Wegen Ramon, der ihn vor einem halben Jahr einfach verlassen hatte. Warum, wusste Mark bis heute nicht. Er hatte sich mit dem zwanzig Jahre jüngeren Ramon immer glücklich gewähnt, geschäftlich und auch privat. Leider hatte Ramon bei seinem Auszug auch die Ersparnisse mitgenommen.

Mark seufzte und rückte die Flaschen zurecht, dann musterte er ein letztes Mal die Bar. Alles war vorbereitet, die Party konnte beginnen.

Kurz darauf trudelten nach und nach die Gäste ein. Keiner der Männer war unter sechzig, die Frauen eher noch älter, doch das hielt sie nicht davon ab, erstmal zur Auflockerung einen Drink zu nehmen und dann auf die Tanzfläche zu stürmen. Die Musik kam aus dem CD-Player hinter der Theke, das Geld für einen DJ sparte sich Mark. Die Singles brauchten keinen Profimusiker, die wollten flirten, und das taten die meisten auch schon.

Mark hatte bereits sechs Flaschen seines speziellen Rotweins verkauft, da drängte eine Gruppe Männer in den Saal. Acht kräftige Typen, alle angetan mit schwarzen Lederjacken, Jeans und Bikerstiefeln. Um ihre Hälse hingen fette Ketten aus Edelstahl. Die Finger waren mit Ringen geschmückt, die wie Totenköpfe aussahen. Einigen fielen die Haare bis auf die Schultern, andere hatten sie im Nacken zu einem Zopf gebunden, und als würde dieser Habitus nicht schon gefährlich genug aussehen, trugen sie auch noch lange Bärte im Gesicht. Rocker.

Mark blinzelte erschrocken, ihm war richtig flau in der Magengegend. So ein Publikum war er nicht gewöhnt, und er wollte es auch gar nicht im *Rosengarten* haben. Am liebsten hätte er die Kerle rausgeschmissen, die würden ja doch nur Stunk machen, natürlich nachdem sie sich mit Schnaps vollgekippt hatten.

»Eine Runde Rotwein, aber sofort«, sagte einer, auf dessen Jacke mit rotem Garn *Boss Olaf* gestickt war. Genau an der Stelle, wo das Herz saß. Er nickte in Richtung der von Mark präparierten Flaschen.

»Sofort, gewiss.« Mark eilte an die Theke. Dass die Rocker ausgerechnet Rotwein trinken wollten, beruhigte ihn ein wenig. Der machte keinen so schnell blau. Er verteilte den Inhalt auf die Gläser und beeilte sich, sie an den Tisch zu bringen.

Olaf griff nach dem ersten Glas und steckte seine Nase hinein. Den Stiel zwischen den zwei Fingern haltend, schwenkte er den Inhalt sanft im Kreis. Auf seiner Stirn hatte sich eine tiefe Falte gebildet. Er schlürfte einen klitzekleinen Schluck, zog ihn durch die Zähne und ließ ihn um die Zunge rollen. Gleich darauf spuckte er den Wein über den Tisch. »Was soll diese Plärre? Willst du uns verarschen?«

Schon hatten sich die Rocker in die Höhe gestemmt und sahen sich um, als würden sie nach dem nächsten Opfer Ausschau halten. Sie waren nicht sehr wählerisch, denn bevor Mark reagieren konnte, war ein mächtiger Tumult in Gange. Besorgt verfolgte er, wie Gläser und Flaschen von den Tischen gefegt wurden und auf dem Boden zu Bruch gingen. Im nächsten Augenblick hatte die Bande die Beine von den Stühlen geschlagen und drosch damit auf alles ein, was im Weg stand. In Panik stürzten die übrigen Gäste zur Tür.

Mark hatte sich unter einem Tisch versteckt und wäre ihnen gern gefolgt, doch jedes Mal, wenn er sich hervorwagte, lief er Gefahr, von einem der Rocker ergriffen zu werden. Er saß fest, und zu all dem Krawall dudelte aus der Musikanlage in einer End-losschleife *Sieben Fässer Wein können uns nicht gefährlich sein*. Ein Song, der gewöhnlich für gute Laune sorgte.

Irgendwann zog Ruhe ein, selbst die Musik war verstummt. Dafür erschien in Marks Gesichtsfeld eine reichlich behaarte Hand. Reflexartig kniff er die Augen zu, aber schon wurde er gepackt und ins Freie gezerrt. Ein Stoß ließ ihn taumeln, aber jemand fing ihn auf. Mark blinzelte und erstarrte. Er war dem Boss direkt in die Arme gelaufen.

»Nun zu uns, du Weinpanscher.«

»Das war ein Versehen, ehrlich.«

»Klar war es das, und damit sowas nicht wieder vorkommt, wirst du uns entschädigen.«

Erleichtert nickte Mark. Ein paar Scheinchen, und er war die Bösewichte los. Im Anschluss konnte er aufräumen und sich um eine neue Ausstattung für das Lokal kümmern. Bald wäre der *Rosengarten* schöner als je zuvor.

»Wieviel?«, fragte er und zückte die Brieftasche.

»Eine Mille, jeden Monat.«

»Eintausend Euro?« Das war viel zu viel für das bisschen Wein.

»Nicht für dein Gesöff«, sagte der Boss, als hätte er Marks Gedanken erraten. »Du zahlst dafür, dass wir dich beschützen.«

»Vor wem denn?«

Gelächter antwortete ihm. Boss Olaf beugte sich vor, bis sich ihre Nasen berührten. »Vor dir. Damit du keine Scheiße baust.«

»Aber ich brauche keinen Schutz, ich bleibe sauber, versprochen.«

»Na, wenn das so ist …« Der Boss stieß Mark von sich. »Dann beschützen wir dich eben vor uns.« Er lachte schallend. Die anderen Rocker auch.

Nach vier Monaten war Mark bankrott. Außerdem war er mit den Nerven am Ende. Im ersten Monat hatte er das Schutzgeld brav bezahlt. Im zweiten hatte er versucht, den Preis zu drücken und dabei sein linkes Ohrläppchen eingebüßt. Seinen Stammgästen war die Wunde aufgefallen, daraufhin hatte er erzählt, dass er sich beim Rasieren geschnitten hätte. Im dritten Monat hatte er sein Konto geplündert, konnte aber nur die Hälfte des Geldes beschaffen, und das hatte ihn eine Fingerkuppe gekostet. Diesmal hatte er keine Ausrede für die Stammgäste parat gehabt und vage etwas von einem Unfall angedeutet. Weiteren Fragen war er ausgewichen. Nun blieb ihm bis zu nächsten Schutzgeldzahlung nur noch eine Woche. Sieben Tage, in denen er sich etwas einfallen lassen musste, wenn er nicht sterben wollte. Aber was?

Ratlos bediente er wie gewohnt seine Gäste und verfolgte beiläufig, worüber sie sich unterhielten. Es ging um die abendlichen Fernsehprogramme, um Gameshows und um Liebesschnulzen. Die waren etwas für Frauen. Thriller hingegen, Horrorfilme oder Krimis - das waren echte Quotenhits, darüber waren sich die Männer einig. Katastrophenserien oder Filme, in denen es um Rache ging, kamen ebenfalls gut an. Einer gegen den Rest der Welt war eine Botschaft, bei der jeder mitfieberte. Gestern erst, da hatte ein Filmheld alle seine Feinde in die Luft gejagt, und zwar mit einer Bombe, die er mit seinen eigenen Händen gebaut hatte.

Mark spitzte die Ohren. Was er zu hören bekam, war überaus interessant.

Nachdem der letzte Gast gegangen war, kämpfte er sich durch eine Menge Internetseiten, bis er gefunden hatte, was er brauchte.

Der Monatserste brach an, und diesmal tauchte der Olaf-Boss der Rockerbande höchstpersönlich im *Rosengarten* auf, wohl um der Schutzgeldforderung die erforderliche Bedeutung zu verleihen. Sogleich begannen Marks Finger zu kribbeln. Er führte Olaf in den Vorratskeller. Dort kramte er eine Papiertüte hinter dem Rotweinregal hervor und drückte sie Olaf in die Hand.

Der wog die Tüte in der Hand. »Ganz schön schwer.«

»Eine Mille, wie vereinbart, und weil ich letzten Monat säumig war, habe ich eine Flasche von meinem besten Wein draufgelegt. Ich will wirklich keinen Ärger«, stieß Mark hervor. Er vergrub seine Hände in den Hosentaschen.

»Wie nett.« Olaf grinste böse. »Aber vergiss nicht: In einem Monat sehen wir uns wieder.«

Kaum war Mark allein, atmete er auf, doch im gleichen Moment krachte es vor der Tür. Er zuckte zusammen. Die Bombe. Sie musste hochgegangen sein, und zwar viel früher als geplant.

Der Boden hob sich, Putz bröckelte von den Wänden, und Mark hielt sich an einer Stange des Weinregals fest, um nicht umzufallen.

Zu spät. Das schwere Regal kippte und riss ihn zu Boden, so dass Mark in die alte Grube fiel, in der früher Bier vorgehalten wurde, die seit Jahren aber leer stand. Der Sturz des ersten Regals brachte ein weiteres zum Beben. Flaschen polterten durcheinander, landeten auf seinem Kopf und zerbrachen. Er öffnete den Mund zu einem Schrei, da ergoss sich der Wein direkt in seine Kehle. Mark schluckte, prustete und wollte den Kopf abwenden, doch er konnte ihn nicht mehr bewegen. Eingeklemmt zwischen Regalbrettern und Flaschen lag er da, und der Wein floss und floss und füllte die Grube, in der er gefangen war. Unaufhörlich stieg der Pegel, erreichte das Kinn, dann den Mund. Mark presste die Lippen fest zusammen, aber als der Wein auch die Augen und die Nase erreichte, bekam er keine Luft mehr. Über sich sah er durch den Wein verschwommen die Kellerdecke schimmern. Gegen seinen Willen öffnete sich sein Mund, er füllte sich. Ein paar Luftblasen entwichen und trudelten gemächlich in Richtung der Oberfläche. Traurig sah Mark ihnen hinterher. Er dachte an den Wein. Es war ein besonders guter

Tropfen gewesen, er hatte ihn für die große Silvesterfeier gekauft. Jammerschade, dass niemand mehr ihn trinken würde.

Dann wurde auch dieser Gedanke überdeckt, diesmal von einer Melodie. *Sieben Fässer Wein können uns nicht gefährlich sein.*

Aber fünf Minuten später war auch das vorbei.

Ein gefährliches Buch

Wie jeden Morgen stand ich zwischen den Regalen und sortierte unter den jeweiligen Sparten die neuen Bücher ein, als die Türglocke schepperte und Sarah in den Laden hereinspaziert kam. Sie marschierte an dem großen Ständer mit der Kinderliteratur vorbei, ließ die Postkartenabteilung links liegen und umrundete die Auslage mit den Neuerscheinungen, die auf Kosten der Verlage überall angepriesen wurden und sich deshalb gut verkauften. Sarahs hellblonder Pferdeschwanz wippte im Takt ihrer Schritte, als sie auf mich zusteuerte. Unmittelbar vor mir blieb sie stehen und schaute mich mit großen Augen an, als könnte sie bis auf den Grund meiner Seele gucken.

»Kann ich helfen?«, fragte ich, nur um überhaupt etwas zu sagen. Meine Gedanken schwirrten wie Kolibris in meinem Kopf herum, ohne dass ich sie fassen konnte. Sarah hatte mich kalt erwischt.

»Haben Sie Bücher von Freud?« Sie lächelte wie ein Engel, aber ich wusste längst, dass sie alles andere war als lieb. Ich hatte sie durchschaut. Sigmund Freud, der große Vater der Psychoanalyse? Seit wann interessierte sie sich für ihn? Ausgerechnet sie? Das konnte nur wieder ein Test sein, sie wollte mich reinlegen. Und überhaupt, warum siezte sie mich auf einmal? War das eins ihrer Spielchen?

Ich starrte sie an, sie lächelte zurück. Na gut, wenn sie es so wollte, konnte sie es so haben. Ich beschloss, auf sie einzugehen.

»Klar habe ich Bücher von Freud auf Lager«, sagte ich. »Was soll's denn sein? *Die Psychopathologie des Alltagslebens? Die Traumdeutung*? Die stehen dort.« Ich deutete auf das Regal hinter mir. »Auch *Massenpsychologie und Ich-Analyse* ist im Angebot.«

Sarah hielt an ihrem trügerischen Lächeln fest. »Ich dachte an *Das Ich und das Es*.«

Dieses Werk hatte ich nicht gelesen, aber ich kannte die Theorie über die drei Teile der menschlichen Psyche: dem Es, dem Ich und dem Über-Ich, wobei das Es für das Unterbewusste stand, für Bedürfnisse und Triebe. Ein interessanter Ansatz, allerdings konnte ich Freud nur bedingt zustimmen. Triebe im Unterbewusstsein? Ts, ts, ts.

Sarah stand schon vor dem Regal, in dem sich die Sachbücher befanden, und studierte mit zur Seite geneigtem Kopf die Titel. Dann schaute sie mich an, als wäre ich ein Verbrecher. »Es ist nicht dabei.«

Das hätte ich Sarah auch ohne ihre Feststellung sagen können, schließlich wusste ich, welche Titel ich in meiner Buchhandlung vorrätig hatte. »Soll ich es bestellen? Morgen hätte ich es auf dem Tisch.«

Sie nickte und verließ das Geschäft so schnell, wie sie gekommen war.

In dieser Nacht hatte ich einen Traum. Wir standen eng umschlungen am Ufer eines unendlich groß wirkenden Sees, dessen Wasseroberfläche aussah wie geschmolzenes Blei. Der Horizont war dunkelrot, nur dort, wo er und das Wasser zusammentrafen, wies er eine hellere Farbe auf, die zwischen gelb und orange schwankte. In den Strahlen der untergehenden Sonne sahen Sarahs Haar aus, als wären sie aus Gold. Wie schön sie war, und sie roch so gut, wie ein Frühlingstag. Ich beugte mich zu ihr und wollte sie küssen, da zerfiel ihr Gesicht. Indem es auseinanderbrach, wurde es zu einer furchterregenden Fratze. Sarahs Haut wurde von dicken Furchen geteilt, die großen Augen färbten sich rot, und dunkle spitze Zähne schoben sich zwischen ihren Lippen hervor.

Entsetzt fuhr ich zurück, warf mich herum und stürzte davon, aber Sarah verfolgte mich. Schon spürte ich ihren heißen Atem im Nacken, da schreckte ich aus dem Schlaf.

Mein Puls raste, und eine Weile lag ich einfach nur da, in Schweiß gebadet und unfähig, auch nur ein Glied zu rühren. Schließlich rappelte ich mich auf und schlurfte in mein Badezimmer, schöpfte mit der hohlen Hand Wasser in mein Gesicht und kühlte die erhitzte Haut. Im Spiegel sah ich aus, als wäre ich einem Geist begegnet. Ich war noch keine dreißig, doch ich wirkte zehn Jahre älter, mindestens. Daran war nur dieser schreckliche Traum schuld. Eine Weile starrte ich mein Spiegelbild an, und allmählich sank mein Puls auf ein normales Maß zurück.

Was für eine verkorkste Nacht, dachte ich, einfach verrückt. Was der Traum wohl zu bedeuten hatte?

Irgendwo in meinem Bücherschrank musste ein Buch stehen: *Traumdeutung für jedermann,* ein Nachschlagewerk, das ich weit besser verstand als das von Sigmund Freud. Ich fand es und suchte unter U wie Ungeheuer. Da stand, dass derartige Träume auf innere Konflikte des Gewissens und Störungen in der Persönlichkeit hindeuteten. Auf mich traf das ja wohl kaum zu, also blätterte ich zurück zu M wie Monster, jedoch was ich da sehen musste, gefiel mir noch weniger. Ein Monstertraum hieß, dass etwas psychisch nicht in Ordnung war, und dass man mit Ängsten oder Problemen zu kämpfen hatte.

Ängste? Ich? So was kannte ich nicht. Und Probleme hatte ich bislang auch keine, abgesehen von Sarah natürlich.

Der Gedanke an sie brachte mich auf die Idee, noch weiter zurückzublättern, bis zu B wie Bekannte. Ich las: Wenn wir von Bekannten träumen, geht es eigentlich nicht um die Person als solche. Es geht um ihren Charakter, um das, was sie ausmacht.

Na bitte, das war die Erklärung. Sarah mochte reizend aussehen, aber ich hatte mehr als einmal hinter ihre Fassade geblickt.

Am nächsten Tag ging ich später als gewöhnlich ins Geschäft, gerade noch rechtzeitig, um pünktlich neun Uhr die Tür für meine Kunden zu öffnen. Der Traum hockte noch immer in mir wie ein böser Geist. Ständig musste ich an ihn denken, aber noch mehr dachte ich an Sarah, aber als sie dann plötzlich vor mir an der Verkaufstheke stand, zuckte ich dann doch erschrocken zusammen. Ich hatte sie gar nicht hereinkommen sehen.

»Haben Sie das Buch?«, fragte sie.

Ich musterte ihr Gesicht. Die Haut war wie ein Pfirsich, ohne jeden Makel. Auch die Augen sahen aus wie immer. Nicht rot, sondern strahlend blau, und die Zähne, die zwischen Sarahs vollen Lippen hervorlugten, konnten es mit jeder Zahnpastawerbung aufnehmen.

»*Das Ich und das Es*«, erinnerte sie mich.

Langsam schüttelte ich den Kopf. »Es tut mir leid, aber ich bin noch nicht zum Auspacken der letzten Lieferung gekommen. So schnell ich kann, hole ich es nach.«

Sarah wandte sich ab. »Dann komme ich morgen wieder.«

Sollte das eine Drohung sein?

Als sie weg war, rieb ich mir die Augen. Sie brannten wie Feuer, das musste daran liegen, dass ich die halbe Nacht wach gelegen hatte.

Da gerade keine Kundschaft im Laden war, ging ich nach hinten ins Lager und packte wie versprochen die am Morgen gelieferten Bücher aus. Natürlich war Sigmund Freuds Werk dabei. Flüchtig blätterte ich es durch und eher zufällig fiel mir ein Satz auf, der mir die Augen öffnen sollte. Das war die Erklärung: Alles Verdrängte ist unterbewusst, aber nicht alles Unterbewusste ist verdrängt.

Auf einmal war ich mir sicher, warum Sarah ausgerechnet dieses Buch haben wollte. Sie hatte es mir oft genug an den Kopf geworfen, dass sie mich für gefährlich hält. Weil ich ein Psychopath wäre, doch das bin ich nicht. Sie hingegen war wirklich schräg. Sie beschimpfte Gegenstände, wenn die nicht taten, was sie wollte, drückte an Türen, auf denen dick und fett ZIEHEN stand, und sie war ein Teil von WhatsApp-Gruppen, die Namen trugen, wie *Error 404* oder *Tritt nicht bei, wenn du empfindlich bist*. Wie gesagt, schräg.

Ich verstaute die neuen Bücher in den Regalen und verbrachte den restlichen Tag mit sanften Erinnerungen an unsere vergangene Beziehung, alle mehr oder weniger schön. Eigentlich sah ich nach wie vor keinen Grund, warum Sarah mich verlassen hatte.

Am nächsten Tag jedoch wurde ich wieder an unsere Differenzen erinnert, indem Sarah in den Laden gestürmt kam, sich vor mir aufbaute und ohne einen Gruß sogleich auf das von ihr bestellte Buch zu sprechen kam. Egoistisch und rücksichtslos wie eh und je.

»Warum muss es unbedingt dieses sein?«, fragte ich.

Sarah verzog den Mund zu einem geringschätzigen Lächeln, und sofort war mir klar, dass ich einen Fehler gemacht hatte. Aus purer Reue beging ich einen zweiten, indem ich ihr sagte, dass ich sie noch immer liebte, trotz oder vielleicht sogar wegen ihrer charakterlichen Schwächen.

Sarah stieß mich von sich und schrie irgendetwas von *blöder Witz* und dann schrie sie noch mehr, aber ich verstand sie einfach nicht. Es dauerte eine Weile, bis ihre Schreie schwächer wurden und dann ganz verstummten.

Bewegungslos lag Sarah vor mir auf dem Boden. Verwirrt starrte ich auf das Buch in meiner Hand: *Das Ich und das*

Es. Die Ränder und Ecken waren voller Blut, wie Sarahs Gesicht.

Ihr langgezogenes Stöhnen brachte mich zur Besinnung. Schnell legte ich das Buch zur Seite und zerrte Sarah an den Beinen in den Lagerraum. Sie kam mir schwerer vor als sonst. Vielleicht hatte sie zugenommen, obwohl mir das bis jetzt nicht aufgefallen war.

Ganz am Ende des Lagers, versteckt hinter den aufgestapelten Kartons, in denen die Bücher geliefert wurden, befand sich eine kleine Abstellkammer. Ich drückte und schob, bis ich Sarah endlich in dem Kämmerchen hatte, wo ich sie in eine sitzende Stellung bugsierte. Um mich zu vergewissern, dass sie es bequem hatte, knipste ich das Licht an. Der Strahl der Glühbirne fiel direkt auf ihr Gesicht, und ich zuckte zusammen.

Verdammt, das war ja gar nicht meine Sarah. Wie bloß hatten mich ihre

Augen und das blonde Haar täuschen können?

Schnell verschloss ich die Kammer und ging zurück in den Laden, um die Spuren unserer Auseinandersetzung zu beseitigen.

Die nächsten Wochen und Monate plätscherten ohne Aufregung dahin. Dann ging eines Tages die Tür auf, und Sarah war wieder da. Ich hatte sie eine Weile nicht mehr gesehen und beinah vergessen, wie wunderschön sie war, aber dieses Mal würde ich mich nicht wieder auf ihre Spielchen einlassen.

Diesmal würde ich sie so schnell wie möglich in die Kammer verfrachten zu den anderen vier Sarahs, die schon auf sie warteten. Bei denen war sie gewiss in den besten Händen, so dass sie mich nie wieder stören würde.

Hasch mich

»Der alte Kasten muss raus.« Rita schob kämpferisch ihr Kinn nach vorn. Arno wusste, dass sie eine energische Frau war, aber in so einer Kampfeshaltung hatte er seine bessere Hälfte noch nie gesehen.

»Der Schrank ist von meiner Mutter, er ist ein wertvolles Stück«, wandte er ein.

»Wertvoll? Richtiger Plunder ist das. Eiche rustikal, so etwas Altmodisches passt nicht zu uns.« Rita schnaubte.

»Willst du ihn etwa wegwerfen?«, fragte Arno.

»Wir könnten ihn verkaufen. Oder vielleicht hat das Sozialamt Interesse daran. Oder das Deutsche Rote Kreuz? Solche Organisationen nehmen doch Spenden für Leute, die bedürftig sind.« Rita schlug das Telefonbuch auf und suchte die Nummer des DRK heraus. Sie wählte, doch sie erreichte nur die automatische Bandansage.

Für Fragen zur Mitgliedschaft nennen Sie bitte die Eins. Für Spenden die Zwei. Für sonstige Anliegen die Drei.

»Zwee«, sagte Rita laut.

Ich habe Sie nicht verstanden. Für Fragen zur Mitgliedschaft nennen Sie bitte die Eins, für Spenden die Zwei...

»Zwee.«

Ich habe Sie nicht verstanden.

»Zwee, zwee, zwee.«

Ich habe ...

»Blödes Ding.« Rita knallte den Hörer auf die Halterung.

Arno atmete auf. Er hatte Großes mit dem Schrank vor, aber das wusste Rita noch nicht. Immer, wenn sie bei ihrem Fitnesskurs Bauch, Beine und Popo beackerte, hatte er sich an dem Eichenteil zu schaffen gemacht. Er hatte herumgewerkelt, hatte Kästen eingebaut, die mit Folie abgedichtet waren, Lampen angebracht und sogar an eine Heizung gedacht. Alles für die Zucht spezieller Pflanzen, die er schon vor Tagen im Internet bestellt hatte.

In der Zwischenzeit hatte Rita im Telefonbuch weitergeblättert und war dabei auf einen Trödler gestoßen, der gebrauchte Möbel aller Art ankaufte. »Ich versuche es bei dem, der nimmt den Schrank«, sagte sie in einem Ton, der keinen Widerspruch duldete.

Arno glaubte nicht, dass der Schrank bei einem Händler auf Liebe stieß, und im Laufe ihrer Ehe hatte er mehr als einmal erkannt, dass er meistens recht hatte. Aber er wusste auch, dass Rita ihre eigene Meinung für gewöhnlich besser fand. Erst gestern hatte er in einer Radiosendung gehört, dass sich die meisten Menschen nicht anhand bestimmter Gründe für eine Meinung entscheiden würden. Vielmehr hätten sie zuerst eine Meinung und suchten danach für deren Begründung. Rita war der lebende Beweis dafür, daher verkniff er sich jeden Kommentar.

Natürlich ging der Händler nicht ans Telefon. Wie es Arno geahnt hatte. »Lass den Schrank doch da«, sagte er.

Rita schüttelte den Kopf und rückte ihre Brille zurecht. »Was regst du dich auf? Es ist doch nur eine Kleinigkeit. Der Schrank kommt weg. Basta.«

Für Arno war der Schrank alles andere als eine Kleinigkeit. Ohnehin gefiel es ihm nicht, wenn Rita so mit ihm sprach. Kleinigkeiten. Pah. Was wusste sie schon davon? Letzte Nacht zum

Beispiel. Da war diese Stechmücke im Schlafzimmer herumgeschwirrt. Jedes Mal, wenn er gedacht hatte, sie wäre verschwunden, war sie wieder um seinen Kopf gesummt. Rita hatte natürlich nichts davon mitbekommen, die hatte gepennt wie eine Tote. Im Grunde war so ein Insekt eine Kleinigkeit, aber Leute, die meinten, dass man sich nicht über alle Kleinigkeiten aufregen sollte, hatten eben noch nie mit einer Mücke im Schlafzimmer zu tun gehabt.

Nach außen hin blieb Arno ruhig, in seinem Innern jedoch kochte es. Während er noch überlegte, wie er den Verkauf des Schrankes verhindern könnte, hatte Rita schon wieder das Telefon in der Hand. Diesmal hatte sie mehr Glück. Keine Stunde später fuhr der Trödler vor, und der Schrank wechselte für zehn Euro den Besitzer.

Arno konnte nichts dagegen tun. Wieder einmal hatte sich Rita über ihn hinweggesetzt. Zähneknirschend verzog er sich auf den Dachboden, wo er in einem Koffer seine geheime Sammlung aufbewahrte, die Tröster, wie er sie nannte.

Er öffnete den Koffer und überlegte, welches Mittel in seiner momentanen Lage für ihn angemessen wäre. Die Hortensienblüten, die er letzten Sommer getrocknet hatte, sortierte er aus, denn die halluzinogene Wirkung, von der er im Internet gelesen hatte, hatte sich leider als Irrtum erwiesen. Stattdessen wählte er ein paar Samenkapseln der Engelstrompete, verrieb sie mit Bilsenkraut und verteilte dann die Mischung gleichmäßig auf Zigarettenpapier, das er anschließend verklebte.

Erwartungsvoll nahm er einen Zug. Nichts geschah. Er rauchte weiter, aber alles blieb beim Alten. Weder stellten sich Rausch noch Erregung ein. Hatte er zu wenig Drogen verwendet?

Ein zweiter Versuch musste her. Diesmal tat er die doppelte Menge der Samen in eine Tasse. Der Boden war kaum bedeckt, daher gab Arno nach kurzer Überlegung noch sieben der dünnen kleinen Zauberpilze dazu. Ein bisschen Schütteln, und Pilze und Samen waren verrührt. Er stupste den Finger in die Mischung, um sie zu verdichten. Sie sah echt gut aus, bestimmt würde sie wirken.

Da tauchte Rita hinter ihm auf. »Was treibst du hier bloß?«

Arno fuhr herum. Es gelang ihm gerade noch den Koffer zuzuknallen, bevor Rita ihre Nase hineinstecken konnte. »Treiben? Ich? Nichts weiter, ich wollte mir nur einen Tee machen, um mich zu beruhigen.«

Ehe er es verhindern konnte, griff Rita nach der Tasse, die er noch in der Hand hatte. »Ich habe eine Beruhigung nötiger als du.«

Arno wollte protestieren, wollte sie warnen, doch Rita war schon mit ihrer Beute nach unten verschwunden.

Als er zwei Stunden später die Küche betrat, saß seine Frau am Tisch, den Kopf auf die Arme gelegt.

Schlief sie etwa? Am hellen Tag? Das passte überhaupt nicht zu ihr, denn Rita war ständig auf den Beinen, um etwas zu finden, weswegen sie an ihm herumnörgeln konnte. Dann gewahrte er die Tasse, die auf den Küchenboden gefallen war. Er hob sie auf, am Innenrand klebten noch ein paar Samenrückstände. Rita musste die gesamte Mischung zu sich genommen haben, und plötzlich durchfuhr ihn die Erkenntnis, dass sie tot war. Gestorben, weil er sie nicht am Trinken gehindert hatte. In seinem Magen formte sich ein Klumpen, Schweiß brach ihm aus. Er hatte Rita umgebracht.

Kaltes Entsetzen stieg in ihm auf und schnürte ihm die Kehle zu, doch gleich darauf brach er in lautes Lachen aus. Die Sache hatte auch etwas Gutes: Er war frei. Endlich konnte er tun und lassen, was er wollte. Rita konnte ihn nicht länger quälen, vorbei war es mit ihrer ständigen Bevormundung.

Zwei Wochen später lag Rita unter der Erde und Arno besann sich auf seinen alten Plan. Den Koffer hatte er entsorgt, er traute dem Inhalt nicht mehr. Dafür waren inzwischen die bei einem Spezialhändler bestellten Sative-Pflanzen eingetroffen. Arno hatte nur weibliche genommen. Im Gegensatz zu männlichen Sprösslingen waren die Blüten das wahre, das echte Cannabis. Aber wie die Kostbarkeiten hegen und pflegen? Den Schrank, den er für diesen Zweck präpariert hatte, gab es nicht mehr.

Ein Klingeln an der Tür riss ihn aus seinen Gedanken, sogleich zuckte er zusammen. Hatte die Polizei Verdacht geschöpft und kam nun, um ihn zu verhaften?

Doch nicht die Polizei, sondern der Trödler stand vor der Tür, neben ihm der Eichenschrank. »Ich habe eine Lieferung für Sie.«

Arno schielte nach dem Schrank. »Für mich? Ich habe nichts bestellt.«

»Sie nicht, aber Ihre Frau. Sie hat den Schrank zurückgekauft.«

»Davon wusste ich nichts«, stotterte Arno verdutzt.

»Es sollte wohl eine Überraschung sein. Sie hat mich angerufen, das gute Stück war noch im Lager, also hat sie ihn zurückgenommen. Sie hat sogar schon dafür bezahlt.«

Zu zweit brachten sie den Schrank an seine alte Stelle. Kaum war der Händler gegangen, prüfte Arno als erstes, ob seine Einbauten noch funktionierten. Alles war tipptopp, nur die Lampen, die leuchteten nicht mehr. Aber die wollte er ohnehin austauschen, denn wie er inzwischen von einschlägigen Experten erfahren hatte, waren simple Glühlampen nichts im Vergleich zu Hochleistungs-LEDs. Die garantierten einen viel besseren Ertrag.

Und tatsächlich gediehen Arnos Pflanzen prächtiger als gedacht, bald konnte er die erste Ernte einfahren. Es war an einem verregneten Abend, als er beschloss, den ersten Cannabis Joint zu rauchen.

Einen Monat darauf wunderten sich die Hausbewohner über den Geruch, der aus Arnos Wohnung drang. Da niemand auf ihr Klingeln und Klopfen reagierte, riefen sie die Polizei. Die brach die Tür auf und fand Arno auf der Couch liegend vor. Auf dem Tisch türmten sich welke Blätter, die als Hanf identifiziert wurden. Neben Arno lag ein Häufchen Asche, anscheinend hatte er viel zu viel geraucht, eine Dosis, die niemand überleben konnte. Arno hatte das bestimmt nicht gewusst, schließlich war er ein Anfänger auf dem Gebiet gewesen. Einer, der nur den Kummer über den Verlust seiner geliebten Rita betäuben wollte.

Tragisch, aber nun war er im Tod wenigstens wieder mit ihr vereint.

Hof zu verkaufen

Otto Schreiber war ein Bauer. Er lebte in Karlshausen, einem verschlafenen Dorf inmitten der Mecklenburger Seenplatte. Otto war das, was man einen Macher nannte, ein Arbeitstier. Wurde er gefragt *Kannste mal, machste mal?*, dann kam er, konnte und machte. Ein Arbeitstier eben. Jeder mochte ihn, nur Irene, die mochte ihn nicht.

Das lag vermutlich an den vielen Jahren der Ehe, auf die sie gemeinsam zurückblicken konnten, mittlerweile fast vierundvierzig. Oder daran, dass Otto jede Gelegenheit nutzte, um aus dem Haus zu kommen. So auch an diesem Abend, den er im *Hahn* verbrachte.

Auf dem Schild über der Tür des Dorfgasthofes stand seit einigen Jahren *Zur frohen Einkehr*, doch diesen Namen benutzten nur Fremde, wie Touristen oder Durchreisende.

Die Einheimischen hielten am Alten fest, am *Hahn*. Einmal in der Woche trafen sie sich dort am Stammtisch. Bauern allesamt, die trotz Ruhestand nach wie vor ihre landwirtschaftlichen Höfe führten.

Sie besprachen Alltägliches, redeten über die kalbende Kuh oder das kranke Schwein, aber diesmal gab es ein weit wichtigeres Thema: Es ging um Ingolf Pilwald, den Immobilienmakler aus Neuruppin mit Zweigniederlassung in Woldegk, der Mühlenstadt. Seit Tagen suchte Pilwald jeden Einzelnen der Bauern heim, bei manchen war er sogar schon mehrmals aufgetaucht. Er wollte sie zum Verkauf überreden, obwohl noch nie ein Hof an Auswärtige gegangen war. Seit Ewigkeiten wurde der Besitz von Generation zu Generation vererbt, und dabei sollte es auch weiterhin bleiben. Da waren sich die Bauern einig.

Pilwald war anderer Meinung. Im hellen Leinenanzug, die Haare streng nach hinten gegelt, war er wie ein Gockel auf die Höfe stolziert und hatte nach den anfänglichen Höflichkeitsfloskeln stärkere Geschütze aufgefahren. Er hatte ihnen sogar gedroht. Von Skandalen in der Landwirtschaft hatte er gefaselt, von Pestiziden, Dioxin und dass bald kein Getreidebauer mehr von dem leben könnte, was der Hof einbrachte. Allein die ausgedehnten Felder hätten dann noch einen gewissen Wert, vor allem wenn sie an einen See grenzten. Lage, Lage und nochmals Lage – das wäre das beste Kaufargument am Immobilienmarkt.

Als ob das die Karlshausener Bauern jemals interessiert hätte.

Bei Otto war der Pilwald vorgestern aufgetaucht, das war am Vormittag gewesen. Natürlich hatte Otto schon Bescheid gewusst und ihn gar nicht erst zu Wort kommen lassen, sondern auf der Stelle aus dem Haus geschmissen. Es war Pilwalds Pech gewesen, dass zu dem Zeitpunkt gerade der Güllewagen auf dem Hof gestanden hatte und dass er geradewegs in die Pfütze vor dem Tank gestolpert war. Weil Otto ihn geschubst hatte.

Von Schadenersatz hatte der Maklerfritze gefaselt, denn die schicke Hose hatte auf einmal hässliche Flecke aufgewiesen.

Otto hatte nach Luft geschnappt und dem Pilwald empört die geballte Faust gezeigt. Und er hatte ihn angeschrien, dass er sich zum Teufel scheren sollte. Was er sonst noch gebrüllt hatte, wusste er nicht mehr, aber wegen der ganzen Aufregung hatte er danach einen Kartoffelschnaps gebraucht. Im *Hahn* waren weitere dazugekommen, spendiert von Erwin, seinem besten Freund.

»Ich habe das Gefühl, dass Irene und der Pilwald unter einer Decke stecken«, sagte Otto und griff dankbar nach dem nächsten Gläschen, das Erwin ihm zugeschoben hatte.

»Wirklich?«

»Klar, ich habe es ihr gesagt, dass ich den Hof nicht verkaufe. Aber sie hört ja nie zu.«

»Vielleicht hat sie kein Interesse an dem, was du sagst.«

»Oder sie hat einen Sprung in der Schüssel. Das glaube ich schon lange.«

Erwin gab dem Wirt ein Zeichen und orderte Nachschub. »Mensch Otto, die

Irene ist deine Frau, und du bist ihr Mann«, sagte er streng.

Erwin hielt eine ganze Menge von der Ehe. Kein Wunder, er war Single. Er hatte ja keine Ahnung.

»Zweiundzwanzig Jahre lang war ich der glücklichste Mensch der Welt, dann habe ich sie kennen gelernt, die Irene«, lallte Otto. »Eigentlich habe ich schon bei dem ersten Treffen gemerkt, dass wir nicht zueinander passen, doch du weißt ja, wie energisch sie sein kann.«

»Und sie hat Haus, Hof und Vieh von ihren Eltern geerbt«, erinnerte Erwin Otto an den wahren Grund, warum der Freund Irene letztendlich doch zum Traualtar geführt hatte.

»Der Hof, na ja. Jetzt führe ich ihn, und ich wollte immer, dass er später an den Alf geht. Zum Glück kommt der Junge nach mir, dem ist dieser Pilwald auch zuwider.«

Erwin nickte. »Weil der den Hof kaufen will.«

»Nee, weil der seinen Hund im Bett schlafen lässt. Das hat er ihm nämlich erzählt.«

»Aha.« Erwin guckte, als wäre das nicht wichtig.

»Ich meine das Ehebett. Der Pilwald ist verheiratet, auch das hat er Alf erzählt.« Otto rülpste laut. »Und dann hat der Pilwald sich an die Irene rangemacht. Neben dem Stall haben sie gestanden und getuschelt, so dass ich kein Wort von dem verstanden habe, was sie beredet haben. Aber um was soll es schon gegangen sein, wenn nicht um den Hof?«

»Du musst versuchen, sie mehr zu verstehen.«

Otto verzog den Mund. Wer Frauen verstand, der konnte auch Holz und Stein zusammenschweißen. Irene würde ihm immer ein Rätsel bleiben.

«Der Hof gehört ihr«, gab Erwin zu bedenken.

Leider! Wenn Irene wollte, konnte sie ihn verkaufen, ohne dass Otto etwas dagegen unternehmen konnte, und wie er sie kannte, würde sie das auch tun. Sie wollte schon lange weg von der Scholle. Nach Berlin, wie sie mal gesagt hatte. Und er? Er würde dann auf der Straße sitzen.

Sie tranken noch ein paar weitere Schnaps, dann verließen sie Seite an Seite den *Hahn*. Die frische Nachtluft haute Otto fast von den Beinen, und er klammerte sich an Erwin fest. Gemeinsam torkelten sie einige Meter bis zur nächsten Ecke, an der sich die Hauptstraße mit einem ausgefahrenen Feldweg kreuzte, den nur die Einheimischen benutzten, wenn sie mit ihren Traktoren auf die Felder fuhren. Hier drang kein Licht in das Dunkel, nicht einmal der Mond schien bis hierhin.

»Ich muss pinkeln.« Otto stieß Erwin zur Seite und drehte ihm den Rücken zu. Unvermittelt traf ihn ein Schlag, und Otto ging zu Boden. Benommen schüttelte er den Kopf und brummte: »Was zum Teufel …«

Ein zweiter Hieb folgte, härter als der erste.

Erwin brachte seine Lippen an Ottos Ohr. »Zwar mag ich dich, aber Irene mag ich noch mehr.«

Irene und Erwin? Ausgerechnet sein bester Freund?

»Sobald du tot bist, verkauft Irene alles, und dann zieht sie zu mir. Das Geld wird investiert, aber in meinen eigenen Besitz. Ich rüste um, alles auf Bio.« Erwin richtete sich auf, und Otto bemerkte den Mann, der hinter ihm stand.

Alf. Erleichtert schloss er die Augen. Gott sei Dank, der Junge würde alles in Ordnung bringen.

Da traf ihn ein neuer Schlag, und er riss die Augen auf. Alf stand über ihm, er hielt einen Knüppel in der Hand.

»Was tust du denn?«, röchelte Otto mit letzter Kraft.

»Ich mache den Weg frei, für Mutter und mich. Und für meinen wirklichen Vater.« Alf nickte in Erwins Richtung, dann holte er aus. Der vierte Schlag gab Otto den Rest.

Gemeinsam trugen Erwin und Alf seinen Leichnam auf die Straße und legten ihn zweihundert Meter weiter ab, direkt hinter der spitzen Kurve.

In zwei Stunden würden die ersten Fahrzeuge kommen, Lieferautos und der Schulbus. In der Dunkelheit war es fast ausgeschlossen, dass der Körper rechtzeitig von einem Fahrer bemerkt wurde, und falls doch, war der Bremsweg viel zu lang, um ein Fahrzeug zum Stehen zu bringen. In jedem Fall würde die Leiche unter die Räder kommen.

Otto wurde überfahren, ein tragischer Unfall. Was für ein Pech für den Macher, der im *Hahn* wieder einmal zu viel getrunken hatte, statt sich um seine Frau zu kümmern, die brav zu Hause saß und auf ihn wartete.

Schnitzeltag

Nebel waberte durch die Fichten und strich mit feuchtkalten Fingern über Enricos Gesicht, während er durch den Wald stolperte und seine Sorglosigkeit verwünschte. Normalerweise überließ er kaum etwas dem Zufall. Er war ein Meisterdieb, in dem Job musste man an alles denken, aber der Coup in der Gemäldegalerie in Dresden war schief gegangen, und Enrico hatte abhauen müssen. Am späten Nachmittag hatte er sich in sein Auto gesetzt, um von

Dresden nach Riesa zu fahren, wo er einen Unterschlupf besaß. Nur hatte er nicht an den Tank gedacht.

Es kam, wie es kommen musste. Das Benzin war zur Neige gegangen, und nach einem kurzen Röcheln war der Wagen stehen geblieben. Wie immer in solchen Fällen an einer Stelle, an der weit und breit keine Tankstelle war und mit hoher Wahrscheinlichkeit kein Schwein vorbeikommen würde. Nicht einmal ein Funknetz existierte an dem verdammten Ort.

Enrico war nichts übriggeblieben, als den Wagen am Beginn des Waldweges stehen zu lassen und sich zu Fuß durch das Dickicht des Waldes zu schlagen. Der Vollmond schimmerte durch den Nebel und tauchte die uralten Bäume in ein milchiges Licht. Zweige hingen knochig und dunkel bis auf den Boden und verhakten sich in der Kleidung. Spinnweben klammerten sich an den

Haaren fest. Enricos Fuß blieb an einer Wurzel hängen und er strauchelte, fing sich jedoch wieder.

Immer wieder blickte er sich gehetzt um. Das Gefühl, dass er sich beeilen sollte, wurde übermächtig. Furcht ließ ihn vorwärts stolpern, blindlings fast. Weiter, nur weiter! Nach einer halben Ewigkeit gewahrte er einen Lichtschein zwischen den Bäumen.

Hastig stürzte er darauf zu, und erkannte erst im Näherkommen, dass es von einem Häuschen stammte, dessen Fenster hell erleuchtet waren. Inmitten des Waldes stand es auf einer Lichtung wie ein Hexenhaus, aber an schönen Tagen war es vermutlich ein idyllischer Platz.

Er tauchte unter den Bäumen durch und taumelte ins Freie. Dort atmete er ein paar Mal tief durch und wartete, bis sich sein Puls beruhigt hatte. Er schaute zurück. Still und ruhig ragte der Wald in die Nacht wie eine grüne Wand. Im Mondlicht glänzten die Blätter, sie sahen wie Smaragde aus und wirkten bezaubernd. Ein Bild wie aus einem Märchen. Enrico verstand sich selbst nicht mehr. Er war ein Mann, der mitten im Leben stand und der es als Chef einer Verbrecherbande gewöhnt war, dass sich andere nach ihm richteten und alles taten, damit sie sich seiner Gnade sicher sein konnten. Wie hatte er sich bloß von ein bisschen Nebelgedöns und Gestrüpp sowie ein paar knorrigen Ästen ins Bockshorn jagen lassen?

Kopfschüttelnd ging er auf das Haus zu. Er wollte klopfen, doch er hatte noch nicht einmal die Hand gehoben, da wurde die Tür geöffnet.

»Kann ich Ihnen helfen?« Die alte Frau in der Tür lächelte ihn aus einem zahnlosen Mund an. Sie musste weit über achtzig sein.

»Mein Wagen ist stehengeblieben.« Enrico deutete in die Richtung, in der er die Landstraße vermutete. »Dürfte ich mal kurz bei Ihnen telefonieren?«

»Ich habe kein Telefon, aber kommen Sie erst einmal rein. Sie müssen ja ganz fertig sein von dem weiten Weg. Ich koche Ihnen einen Tee, ja?«

Eigentlich mochte Enrico keinen Tee, aber er wollte die alte Frau nicht vor den Kopf stoßen. Außerdem hatte er keine große Lust, gleich wieder in das Dunkel zurückzugehen, daher stimmte er zu.

Der Tee schmeckte erstaunlich gut, nach Pfefferminz und Erdbeeren und ein bisschen wie frisches Gras. Enrico trank drei große Tassen leer.

Als er Stunden später erwachte, fühlte er sich großartig. Er schaute sich um und erkannte, dass er sich in einer Dachkammer befand. Aus dem runden

Fenster konnte er mehrere Baumwipfel sehen, die sich im Wind wiegten. Ihm war warm. Das Bett, in dem er lag, wurde von einem Federkissen gekrönt, das von Frau Holle zu stammen schien. Im Zimmer unter ihm rumorte es.

Enrico erinnerte sich, wie er in das Haus gekommen war. Die alte Frau fiel ihm ein, und er warf die Decke zurück und begab sich ins Erdgeschoss.

Die Alte stand am Küchenherd und rührte in einem Topf herum. »Haben Sie Hunger?«

Wie zur Bestätigung knurrte Enricos Bauch.

Lächelnd tischte die Alte Brot und eine Masse auf, die an Rührei erinnerte, nur dass sie rot statt gelb aussah.

Sogleich machte sich Enrico darüber her. Noch nie hatte ihm ein Essen so gut gemundet. Mit vollem Mund murmelte er: »Ich muss mich bei Ihnen bedanken. Sie sind sehr gastfreundlich.

Übrigens heiße ich Enrico. Sie können Rico zu mir sagen.«

»Rico? Das klingt italienisch. Sie sind doch keiner? Ein Italiener, meine ich?«

»Meine Mutter hat klassische Musik geliebt, vor allem Opern. Sie hat mich nach ihrem Lieblingssänger benannt, nach Enrico Caruso, einem der besten Tenöre der Welt.«

»Ach ja? Ich bin Jolande, aber jeder nennt mich *die Alte aus dem Wald* oder nur *die Alte*.« Sie reichte ihm einen Becher mit dampfendem Kaffee. An jedem ihrer dürren Finger glitzerte ein prunkvoller Ring, und Enrico dachte, was wohl wäre, wenn jemand sie wegen des Schmuckes umbrachte. Die Alte schien allein zu leben, und ihr Haus war weit entfernt vom nächsten Dorf. Es könnte lange dauern, bis die Tat entdeckt wurde. Lange genug, um längst über alle Berge zu sein. Andererseits…

Die Alte war nett zu ihm gewesen, sie hatte ihn aufgenommen, obwohl er ein Fremder für sie war.

Das Frühstück hatte seine Kräfte gestärkt. »Ich sollte jetzt aufbrechen und mich um meinen Wagen kümmern«, erklärte er, obwohl sich alles in ihm dagegen sträubte, das Häuschen zu verlassen.

»Vielleicht könnten Sie mir zuvor noch etwas Holz hacken?« Die Alte schaute ihn fragend an und setzte schnell hinzu: »Natürlich nur, wenn es Ihnen nicht allzu viel ausmacht, mein lieber Junge.«

»Nein, nein, das ist schon okay.«

Das Holz befand sich im Schuppen. In dem mächtigen Hackklotz neben der Tür steckte eine blanke Axt. Mit dem Zeigefinger fuhr Enrico prüfend die Schneide entlang. Er pfiff durch die Zähne. Verdammt scharf, der Stahl.

Keine Stunde später war das Holz in

handliche Stücke zerteilt, und Enrico hatte die Scheite säuberlich entlang der Schuppenwand aufgestapelt.

»Das muss sehr anstrengend für Sie gewesen sein, lieber Junge. Wie wäre es mit einer kleinen Zwischenmahlzeit?«, fragte die Alte, nachdem sie den Stapel begutachtet hatte.

Nach einem bedauernden Blick auf die Axt folgte Enrico ihr ins Haus, wo schon Scheiben von frischem Brot auf ihn warteten. Sie waren mit gegartem Fleisch belegt, das köstlich duftete.

Enrico ließ es sich schmecken, er konnte gar nicht aufhören zu essen. Erst, als sämtliche Teller geleert waren, lehnte er sich in seinem Stuhl zurück. »Das hat wunderbar geschmeckt. Jetzt sollte ich aber wirklich aufbrechen.«

»Gewiss, obwohl ich gehofft hatte, dass Sie mir noch ein wenig bei der Gartenarbeit helfen. Der Sellerie ist reif, und auch der Kohlrabi müsste geerntet werden.« Die alte Jolande lächelte beinah liebevoll, ihre Ringe blinkten und glitzerten.

Wieder musste Enrico an die Axt im Schuppen denken. Er brachte es nicht übers Herz, den Wunsch der Alten abzuschlagen. Nach der Gartenarbeit holte er Wasser aus dem Brunnen, wusch die großen Töpfe ab und machte sogar Feuer unter dem altmodischen Herd.

Zwischen jedem Arbeitsgang bekam er eine Leckerei zu speisen, und jedes Mal fiel sein Blick auf die Ringe der Alten, so dass er automatisch an die Axt denken musste. Er war sich nur nicht sicher, ob er es über sich bringen würde, die Ringe der Alten von den Fingern zu ziehen, wenn sie tot am Boden lag. Er konnte kein Blut sehen.

Schließlich brach der Abend an. Die Dunkelheit kam von einem Augenblick zum nächsten über die Lichtung und den Wald, und Enrico redete sich ein, dass er um diese Zeit niemals den Weg zur Straße und seinem Wagen finden könnte. Aber morgen, da würde er verschwinden. Morgen wäre er ein reicher Mann.

Von diesem Gedanken erfüllt ging er zu Bett. Er schlief sofort ein, doch mitten in der Nacht wachte er auf.

Die Alte stand über ihn gebeugt und musterte ihn, wie eine Mutter ihr schlafendes Kind betrachten mochte. Er wollte sich aufrichten, aber er konnte es nicht. Dann bemerkte er die Fesseln, die ihn hielten. Steif und starr lag er da vor Angst.

Die Alte kicherte teuflisch. Es war ein Kichern, das Enrico zutiefst beunruhigte. Er bäumte sich auf. »Binden Sie mich los, sofort.«

»Sei still. Erst einmal wollen wir sehen, wie nützlich du mir bist.« Sie wuchtete ihn aus dem Bett und warf ihn sich mit erstaunlicher Behändigkeit über die Schulter. Schritt für Schritt ging es die enge Holztreppe hinab, vorbei an der Küche und weiter in den eiskalten Keller. Dort ließ sie Enrico zu Boden gleiten.

Auf dem Weg über die Treppen hatte Enrico nur den Rücken der Alten vor Augen gehabt. Nun sah er sich um. Zu seiner Linken hingen mehrere Körper wie Schweinehälften an großen Haken, nur dass es keine Schweine waren, sondern Reste von Menschen, ausnahmslos von Männern, wie gewisse Merkmale erkennen ließen.

Der Anblick der Knochen unter der aufgeschnittenen Haut, die Sicht auf die weißen Sehnen und auf das rohe Fleisch verursachte Enrico Übelkeit. Er stöhnte auf. »Was haben Sie mit mir vor?«

»Nichts Besonderes.« Wieder ließ die Alte ihr unheimliches Kichern hören.

»Ich mag alt sein, aber ich esse nun mal gern. Am liebsten Steaks, und da es in der Nähe keinen Metzger gibt, muss ich mich eben selbst versorgen.«

Enrico gewahrte die Axt, die in der Hand der Alten baumelte.

Ihre Ringe blitzten, als sie den Arm hochriss und flüsterte: »Morgen ist Mittwoch, mein Junge. Schnitzeltag.«

Aber das konnte Enrico nicht mehr hören, denn schon der erste Hieb hatte seinen Kopf vom Körper getrennt.

Klassentreffen

»Menschenskind, Stefan! Du hast dich überhaupt nicht verändert.«

Verwirrt sah Stefan den Mann mit dem spärlichen Haarkranz an, der ihn auf dem Parkplatz vor dem neuen Supermarkt in der Brockhausstraße angesprochen hatte. »Es tut mir leid, ich weiß nicht …«

»Ich bin's. Christian Kober, der Chris. Wir sind zusammen zur Schule gegangen und waren in einer Klasse, in der 8a. Erinnerst du dich?«

Stefan nickte langsam. Jetzt erkannte er ein bisschen von der Ähnlichkeit, die er auf den ersten Blick nicht bemerkt hatte. Als Jugendlicher war Chris eher drahtig gewesen. Heute trug er einen Bauch vor sich her, der wie ein Sack über den Hosenbund hing.

»Wir sollten ein Treffen organisieren, was meinst du? Die anderen werden sich freuen. Es ist viel zu lange her, dass wir uns zuletzt gesehen haben. Wann war das noch gleich? Vor sieben, acht Jahren? Der Tom, der schlaue Walter und auch die Susi ...«

Christians Worte rauschten an Stefan vorbei, er hörte kaum zu. In Gedanken sah er Ulrike vor sich, seine ehemalige Banknachbarin und zugleich die erste Frau, mit der er Sex gehabt hatte. Wie jung sie damals gewesen waren, jung und unerfahren. Was wohl aus Ulrike geworden ist? Er gestand sich ein, dass er sie gern wiedersehen würde. »Du hast recht«, unterbrach er Christians Redeschwall. »Ein Klassentreffen ist eine gute Idee.«

Ein halbes Jahr später hatten sie jeden einzelnen der ehemaligen Mitschüler ausfindig gemacht und für den ersten Sonnabend im August ins *Faß*, eine urige Altstadtkneipe, eingeladen. Der Kneipe war eine Pension angegliedert, so dass alle gleich vor Ort übernachten konnten.

Wenn nicht Ulrike wäre, Stefan hätte nur zu gern auf die Klassenkameraden verzichtet, vor allem auf Tom Heinze. Überall wo Zottel zusammenkommen, gab es einen Oberzottel. Einen, der glaubte, das Sagen zu haben. In ihrem Fall war das Tom. Schon beim Gedanken an ihn kam Stefan die Galle hoch.

Den schlauen Walter Grahl konnte er auch nicht leiden, vor allem, weil der sich laufend profilieren musste. Schon immer war er der Typ gewesen, der seinen Wert daran maß, was er besaß, wie er lebte und mit wem er verkehrte, nur dass er sich als Erwachsener die größte Mühe gab, so zu tun, als wäre ihm das alles egal.

Und Susi Saalmüller, die sich schon als Zwölfjährige geschminkt hatte und immer die angesagtesten Klamotten trug? Die war zwar recht hübsch, wenn man auf diese Art von Mädchen stand, aber nie die allerhellste Kerze gewesen. Dafür lachte sie zu jedem Witz, selbst wenn er auf ihre Kosten ging. Sie war Friseurin im Familiensalon geworden, passend, wie Stefan fand. Nicht, dass er etwas gegen einen guten Handwerksberuf wie den eines Friseurs gehabt hätte, im Gegenteil. Er liebte es, sich unter den kundigen Händen eines belanglos vor sich hin plappernden Wesens zu entspannen. Susi aber konnte wirklich anstrengend sein.

Ulrike hingegen, die war anders, sie war etwas ganz Besonderes.

Der bewusste Samstag kam, und nach und nach trudelten die ehemaligen Mitglieder der Klasse 8a im *Faß* ein.

Wie erwartet ergriff Tom als erster das Wort, indem er erst die Speisekarte erklärte und anschließend, was er sich von dem Abend erhoffte, nämlich viele Kontakte, die ihm zu neuen Kunden verhelfen konnten. Die brauchte er, um seine Versicherungen zu verticken.

Walter zeigte, kaum dass er sich gesetzt hatte, Fotos seines Hauses und seiner Yacht herum. Beides waren Geschosse von mächtigen Ausmaßen, die wahnsinnig teuer aussahen und es vermutlich auch gewesen waren. Walter jedoch tat, als würde er ebenso gern in einer Wohnung im Plattenbau hausen oder mit einem hölzernen Kahn über den Schweriner See schippern.

Susi hatte zwischen Hans-Joachim und Alexander Platz genommen. Hajo war Chemiker, sogar mit Doktortitel, und Alexander lehrte als Professor an der Greifswalder Universität. Die Männer unterhielten sich über Quantenphysik, und Stefan mutete es sonderbar an, wie Susi dem gelehrten Disput lauschte und hin und wieder versuchte, sich durch Hinweise auf die Auftragslage des Kleinunternehmens ihrer Familie interessant zu machen.

Aus einem ersten Impuls heraus erwog Stefan, ihr einen Tipp zu geben, was sie machen müsse, um von den hochgeistig miteinander parlierenden Männern wahrgenommen zu werden. Sie hätte bloß andere Attribute als Intelligenz in die Waagschale werfen müssen, ihren Blusenausschnitt zum Beispiel, doch letztendlich schwieg er. Schließlich war Susi alt genug, um zu wissen, wann sie reden oder in diesem

Fall lieber schweigen sollte. Stattdessen ließ er seinen Blick über seine Mitschüler schweifen.

Mein Gott, war er wirklich mit diesen alten Säcken in einer Klasse gewesen? Er, der dynamische, kluge Mann, der mitten im Leben stand, der einmal die Woche unverbindlichen Sex hatte und auch sonst genügend Aufregung, und damit meinte er nicht das Rasenmähen oder Einkaufen, sondern …

Ja, was eigentlich? Genau betrachtet war er überhaupt nichts Besonderes. Er hatte jung geheiratet, zur Erhaltung der menschlichen Art zwei gesunde Kinder gezeugt und sich irgendwann wieder scheiden lassen.

Nach neunzehn Jahren in demselben Unternehmen wartete er noch immer darauf, dass er endlich in die Chefetage befördert wurde, um die von ihm erhoffte Karriere zu verwirklichen. Genauso wie er nach wie vor beim Verfol-

gen der Bundesligaspiele seines Lieb-
lingsvereins Hertha BSC davon aus-
ging, dass er besser pfeifen würde als
der Schiedsrichter, der gerade auf dem
Platz im Einsatz war.

Stefan seufzte, doch dann erhellte
sich sein Blick. Ulrike tauchte auf, ein
wenig breiter um die Hüften als früher,
aber noch immer mit dem schönsten
Lächeln der Welt.

Er winkte ihr zu und deutete auf den
Stuhl, den er ihr freigehalten hatte.
»Schön, dass du kommen konntest«,
begrüßte er sie, als sie saß.

»Fast hätte es nicht geklappt.« Ulrike
lächelte. »Das liebe Geld – ich habe
nicht viel davon.«

Sie erzählte, dass sie im letzten Jahr
umgesattelt hatte. »Ich bin jetzt eine
Schriftstellerin«, verkündete sie.

Stefan schaute sie entsetzt an. Ulrike,
eine Künstlerin? Eine von denen, die
ein Lotterleben führten?

»Natürlich bin ich noch kein großer Star«, erklärte sie. »Aber ich bin frei, und nur ich bestimme, wie ich meine Zeit verbringe. Außerdem entscheide ich selbst, worüber ich schreibe, und zwar unabhängig vom kommerziellen Geschmack.«

Stefan wiegte den Kopf. Letztendlich hatte Ulrike damit umschrieben, was die meisten Menschen von unbekannten Künstlern hielten, nämlich nichts. Daher wunderte es ihn kaum, dass der Rest der Klasse in Gelächter ausbrach.

»Was schreibst du denn so?«, wollte Tom wissen, nachdem wieder Ruhe eingekehrt war.

»Krimis. Weil ich in denen die ganze Bandbreite der Verbrechen rund um die menschlichen Abgründe darstellen kann.«

Angesichts Ulrikes Lächelns fand es Stefan gar nicht mehr so schlimm, dass sie unter die Schreiberlinge gegangen war, obwohl auch er sich eingestehen musste, dass er nichts damit anfangen konnte. Ob Maler, Sänger oder Autor – bekloppt waren sie alle, wie er fand.

Susi quietschte laut. »Krimis, uiii, so richtig mit Blut und so?«

»Blödsinn«, fiel Walter ihr ins Wort. »Im Gegensatz zu mir hat Ulrike keine Ahnung davon, wie es ist, wenn ein Mensch stirbt.« Walter war Arzt. Chirurg, um genau zu sein.

»Stimmt. Deshalb muss ich alles erst recherchieren, bevor ich es beschreiben kann.« Ulrike nahm Walter die Worte anscheinend nicht übel.

»Wisst ihr was? Ich spendiere eine Runde«, rief Walter und erntete damit Beifall.

Ulrike schob sich an ihm vorbei. »Ich sage dem Kellner Bescheid.«

Kurz darauf ging ein Tablett mit gut gefüllten Sektgläsern reihum, und alle bedienten sich. Nur Ulrike nicht. Auch

Stefan verzichtete, weil er Sekt nicht vertrug. Er entschied sich für Bier und einen Magenbitter.

Der Abend wurde lang. Es war weit nach Mitternacht, als sich einer nach dem anderen verabschiedete, um sein Zimmer aufzusuchen.

Am nächsten Morgen war Stefan der erste am Frühstückstisch. Wenig später kam Ulrike dazu. Bei ihrem Anblick musste Stefan unwillkürlich an eine zufriedene Katze denken. Ein Lächeln spielte um ihren Mund.

»Wo die anderen nur bleiben? Sie scheinen noch zu schlafen«, sagte er, während er Ulrikes Tasse mit Kaffee füllte.

»Die werden nicht kommen.«

»Wieso nicht?«

»Sie sind tot.«

»WAS?« Stefan rutschte vor Schreck beinah die Kaffeekanne aus der Hand.

Er konnte sie gerade noch packen, bevor sie auf dem Fußboden landete. »Wenn das ein Scherz sein soll …«

»Das ist kein Scherz, es ist wahr. Ich habe sie nämlich gestern vergiftet. Eine Handvoll Schlaftabletten im Sekt hat genügt.«

»Du bist wahnsinnig.«

Ulrike nahm Stefans Hand und hielt sie fest. »Ach was. Die haben mich noch nie gemocht. Sie haben das bekommen, was sie verdienen. Außerdem habe ich sie gewarnt, als ich laut und deutlich erklärt habe, dass ich alles erst genau recherchieren muss, ehe ich darüber schreiben kann. Das hier ist für mich sowas wie eine Feldstudie.

Weißt du, wovon das Werk handelt, an dem ich gerade arbeite? Von einer Massenmörderin, die sich unsterblich in einen alten Freund verliebt.«

Ulrike lächelte, und Stefan versank in ihren Augen. Endlich passierte etwas wirklich Aufregendes in seinem Leben.

Gleich nach dem Frühstück räumten sie ihre Zimmer, dann verließen sie Arm in Arm das *Fass*.

Und die anderen Schüler der Klasse 8a? Die schliefen tief und fest bis zum nächsten Abend, und wenn es inzwischen kein neues Klassentreffen gegeben hat, dann leben sie noch heute.

Das Mahl

Der Kleingarten der Familie Groß lag am Stadtrand von Magdeburg in einer schönen Siedlung, in der Laubenpieper und Pächter meistens einträchtig und in Frieden Zaun an Zaun lebten. Es war eine schöne Gegend inmitten von Grün und unweit der Elbe.

Dieter und Doris besaßen den Garten schon viele Jahre. Als sie ihn erworben hatten, war er nur Brachland gewesen, dank ihrer intensiven Gartenarbeit aber blühten mittlerweile in jeder Ecke farbenprächtige und wohlriechende Blumen, unter ihnen auch einige sehr exotische Exemplare, die Dieter auf Pflanzenbörsen oder in den Botanischen Gärten der gesamten Bundesrepublik erstanden hatte.

In der Mitte des Gartens erhob sich eine Laube, die Luxusvariante aus Holz mit überdachter Terrasse, so dass Doris und Dieter auch bei Regenwetter die Blütenpracht genießen konnten.

Jedes Jahr verbrachten sie den Sommer in der Anlage. Im April packte Doris ein, was sie benötigten, hauptsächlich Sämereien, Nahrungsmittel sowie Kleidungsstücke.

Im Oktober ging es mit all dem Kram sowie mit Gläsern voll Eingemachtem wieder zurück in die Grüne Zitadelle, dem berühmten Hundertwasserhaus. Dort lebten sie in einer Dreiraumwohnung, die groß genug war, dass sie sich aus dem Weg gehen konnten.

Es war ein Dienstag im August. Doris war unterwegs, shoppen oder etwas in der Art. Dieter hatte vergessen, was sie ihm zugerufen hatte, bevor sie gegangen war, weil er zu dem Zeitpunkt schon auf der Leiter im Apfelbaum gestanden hatte, um die Früchte zu kontrollieren. Es galt, rechtzeitig jede noch so kleine Druckstelle und auch das winzigste Löchlein in der prallen Apfelhaut zu entdecken. Nur wenn jede Made schon im Anfangsstadium entfernt wurde, entsprach die Ernte im Herbst Dieters Erwartungen.

Die Sonne brannte hoch am Himmel, es war sehr heiß. Schweiß rann über seinen Rücken und färbte sein Hemd dunkel. Dieter schaute auf die Uhr an seinem Arm. Es war kurz vor zwölf, Mittagszeit, von Doris aber war nichts zu sehen. Dabei musste sie doch wissen, wieviel es ihm bedeutete, dass das Essen pünktlich auf dem Tisch stand. Für ihn waren Routinen wichtig, sie gaben Kraft, und die konnte er mit seinen vierzig Jahren gut gebrauchen.

Er war ein schmalbrüstiger Mann mit abfallenden Schultern, der noch nie über eine große körperliche Widerstandskraft verfügt hatte. Seit Jahren machte ihm zudem ein nervöser Magen zu schaffen, von dem er sicher war, dass er ihn sich im aufreibenden Schuldienst zugezogen hatte. Erst im letzten Herbst hatte man ihm nach langem Hin und Her und mehreren Einsprüchen eine kleine Rente zugebilligt. Wegen Erwerbsunfähigkeit. Bis dahin war er Lehrer gewesen, und Tag für Tag hatte es ihm gegraut vor dem, was ihn in der Schule erwartete: die schon am Morgen herrschende Ich-bin-total-überfordert-Mentalität, dazu ein rücksichtloses Kein-Bock-Benehmen und bei einigen gar eine deutliche Alkoholfahne. Und das waren nur die Mitglieder des Leh-

rerkollegiums, die Kinder und Jugend-
lichen erst…

Dieters Magen knurrte. Halb eins,
und von Doris noch immer keine Spur.
Sie würde ihn doch nicht vergessen
haben?

Als sie um eins noch nicht zurück
war, beschloss er, sich selbst eine
Mahlzeit zuzubereiten. Er öffnete den
Kühlschrank und fand im Eisfach eine
Tiefkühlpizza. Noch nie hatte er eine
aufgebacken, doch wozu gab es eine
Gebrauchsanweisung auf dem Karton?
Er öffnete den Backofen und stutzte. Er
hatte Mathe und Physik unterrichtet,
beherrschte den Dreisatz und konnte
mit Matrizen rechnen, und trotzdem
fragte er sich nun, welche der vier
Schienen die mittlere war.

Unschlüssig kratzte er sich am Kopf,
dann fiel ihm Ole ein. Ole wohnte in
einem umgebauten Bauwagen links
von ihrer Parzelle. Bestimmt kannte

der sich mit Pizzen aus, junge Männer aßen die Dinger doch jeden Tag.

Dieter musste mehrere Male an die Tür des Bauwagens klopfen, ehe Ole mit zerwühlter Haarmähne und vom Schlaf noch müden Augen öffnete.

Er trug ihm sein Anliegen vor und erntete daraufhin von Ole bloß einen der für ihn typischen Wow-Alter-chill-erstmal-Blicke. Sogleich begann es, in Dieters Verdauungstrakt zu rumoren, und schnell wurde ihm klar, dass Ole keine Hilfe war.

Er eilte in heimische Gefilde zurück und suchte erst die Toilette und dann den Küchenbereich auf. Dort schloss er die Klappe des Backofens, verstaute die Pizza wieder im Eisfach und machte sich als Ausgleich zu der entgangenen warmen Mittagsmahlzeit eine Scheibe Brot. Margarine und Schmelzkäse, das musste reichen.

Halbwegs gesättigt kletterte er dann

wieder in den Apfelbaum zu seinen Früchten.

Als er Stunden später die Arbeit beendete und in die Laube ging, dunkelte es bereits. Doris stand am Herd und rührte in einem Topf, aus dem es verführerisch duftete. Dieter hatte gar nicht mitbekommen, dass sie wieder zu Hause war.

»Was machst du da?«, fragte er.

»Ich besteige gerade das Matterhorn, oder was glaubst du, was ich tue?«

Der Ton in ihrer Stimme warnte ihn, weitere Fragen zu stellen, also verzog er sich nach draußen auf die Terrasse.

Zehn Minuten später stellte Doris einen Teller vor ihm ab.

Dieter äugte auf den Teller, der vor Doris stand. Er war bis obenhin mit Gulasch gefüllt, seiner hingegen war halbleer. » Was ist mit deiner Obstdiät? Oder mit dem Verzicht auf Kohlenhydrate?«

»Ich mache zwei Diäten auf einmal, von einer wird ja kein Mensch satt«, erkärte Doris mit vollem Mund.

Auch an den Folgetagen beobachtete Dieter, dass sich seine Frau stets den größeren Anteil der Speisen sicherte, wohingegen er geradeso satt wurde. Es war ungerecht. »Hör mal, Doris«, sagte er, als sie wieder einmal am Mittagstisch saßen. »Ich finde, du müsstest das Essen so aufteilen, dass jeder von uns gleich viel bekommt.«

»Warum?«

»Weil ich dein Mann bin.«

»Stimmt, das bist du, aber ich gehe einkaufen, ich halte die Laube sauber, wasche die Wäsche und koche das Essen, während du bloß den Äpfeln beim Wachsen zuguckst. Außerdem gehe ich halbtags arbeiten, wie du weißt, und der Job an der Kasse im Schwimmbad ist weiß Gott nicht leicht.«

Darauf fiel Dieter keine passende Antwort ein, außerdem spielte wieder einmal sein Darm verrückt. Nachdem er auf Toilette war, verließ er das Grundstück. Mit verkniffenen Lippen schlug er den Weg zu dem Wäldchen ein, das im Norden an die Siedlung grenzte. Er ging gern dorthin, denn ein Spaziergang unter Bäumen war noch immer die beste Medizin gegen seinen Groll gewesen.

Geruhsam schlenderte Dieter den Waldweg entlang und lauschte dem Summen von Bienen und anderen Insekten. Ein Kohlweißling tanzte vor ihm her, ein zweiter kam hinzu, und gemeinsam stiegen sie in die Luft, um sich dann neben dem Weg auf einem Baumstumpf niederzulassen. Ein Weilchen betrachtete er sie, während er darüber sinnierte, wie schön die Welt doch war, wenn man ein liebendes Wesen an der Seite hatte.

Da entdeckte er den bräunlichen Pilz, der neben dem Stamm durch die hohen Gräser lugte. Es war ein Steinpilz, etwa fünf Zentimeter groß. Behutsam löste er ihn mit seinem Schweizer Messer aus der Erde und wickelte ihn in sein Taschentuch. Doris würde ihn zum Abendessen brutzeln und mit Rührei servieren. Aber dann fiel ihm ein, wie gemein sie zu ihm gewesen war. Zum Teilen war der Steinpilz viel zu klein, gewiss würde Doris ihn gänzlich für sich haben wollen.

Schon wollte er seinen Fund zurück an seine alte Stelle setzen, da fiel sein Blick auf einen weiteren Pilz. Der gelbgrüne Hut leuchtete ihn förmlich an, das musste ein Wink des Schicksals sein. Er pflückte den Knollenblätterpilz, löste die Kappe, warf sie weg und schnitt den Stamm in kleine Stücke, dann eilte er so schnell es ging zurück zu Doris und ihrem Herd.

»Schau, was ich im Wald gefunden habe«, sagte er, als er die Laube betrat, noch ganz außer Atem.

Doris musterte beide Pilze. Sie nahm den kleineren in die Hand. »Ein Steinpilz«, stellte sie fest, um dann nach den größeren Stücken zu greifen.

»Das ist ein Täubling, der ist richtig gut«, sagte Dieter schnell. »Leider war der Hut madig, aber der Stiel ist perfekt. Wie du siehst, habe ich ihn extra aufgeschnitten, um ihn zu prüfen. Das wird ein wunderbares Essen zum Abend, mal etwas anderes als immer nur Brot. Am besten, du brutzelst jeden Pilz für sich allein, so bleibt der Geschmack der Sorten erhalten.«

Doris nickte und machte sich an die Arbeit. Sie briet die Pilze in reichlich Butter an: den kleinen in der kleinen Pfanne, den Stiel des großen in der großen. Danach rührte sie Eier und Zwiebeln dazu und bestreute alles mit

Reibekäse. Anschließend füllte sie zwei Teller: einen mit dem Inhalt der kleinen Pfanne, einem mit dem der großen. Durch die Eier und den Käse war kaum noch ein Unterschied zu erkennen, die Mengen wirkten fast gleichgroß, doch während Doris die Teller betrachtete, dachte sie an Dieter. Wie lieb von ihm, dass er die Pilze mitgebracht hatte und sie mit ihr teilen wollte. Er allein hatte sie gefunden, daher war es nur recht und billig, dass er den größeren Anteil bekam, zumal er die letzten Tage schon zu kurz gekommen war.

Mit diesem Gedanken brachte sie die Teller auf die Terrasse, wo Dieter auf das Abendessen wartete. Mit einem Lächeln auf den Lippen stellte sie den Teller mit der größeren Pilzportion vor ihm ab. An den Stellen, auf denen kein Käse war, leuchteten die hellen Teile des Knollenblätterpilzes hervor, aber Dieter achtete nicht darauf. Er dachte an den kommenden Morgen, den Tag, an dem sein Witwerdasein beginnen würde. Hauptsache, der giftige Pilz entfaltete schnell seine Wirkung, so dass Doris nicht lange leiden musste. »Lass es dir schmecken«, sagte er und schob sich zufrieden lächelnd Löffel für Löffel in den Mund.

Biggi ist die Beste

Biggi schlug die Sächsische Zeitung auf und blätterte gleich bis zur Seite fünf. Bingo. Da war er, ihr neuester Artikel, der nichts zu wünschen übrigließ.

Wie stets hatte sie bis ins kleinste Detail recherchiert, trotzdem vieles nur angedeutet und dabei nichts Konkretes preisgegeben. Spannung aufbauen und halten – das war ihre Spezialität, um die sie die meisten Journalisten der SZ beneideten. Unzählige Male hatten sie gebettelt, damit sie ihre Tricks verriet, offiziell unter dem Vorwand, dass sie

176

von ihr lernen wollten. Sie hatte das immer abgelehnt, denn sie war die Beste, und dabei sollte es bleiben.

Der Artikel handelte von Roman, sie war extra in die Justizvollzugsanstalt nach Straubing gefahren, um ihn zu interviewen. Fast eintausend schwere Jungs saßen dort ein, darunter Räuber, Triebtäter und Mörder.

Roman gehörte zu den Schlimmsten, er war ein Serienkiller, dabei sah er aus, als könnte er keiner Fliege etwas zuleide tun. Er hatte das Gesicht eines Engels. Und babyweiche Haut, davon konnte sie sich überzeugen. Natürlich hatte der hübsche Roman nicht geschnallt, weswegen sie ihn besucht hatte. Ein schöner Körper und ein heller Verstand gingen eben nicht zwangsläufig Hand in Hand.

Bei ihren Treffen hatte sie den Kerl ausgehorcht, und nun wusste sie alles über ihn und seine Vorgehensweise.

Roman hingegen hielt sie nach wie vor lediglich für eine der Frauen, die sich auf seine Partnersuche im Datingportal LoveScout24 gemeldet hatten, auf der Suche nach schnellem Sex mit einem echten Kerl, für den sich anscheinend jeder Knacki hielt.

Und tatsächlich, Roman war wirklich gut gewesen, was vermutlich an der sexuellen Abstinenz im Knast lag. Jedenfalls hatte sie das angenommen. Das war, bevor seine Masche aufgedeckt wurde. Biggi hatte den Sex mit Roman genossen, und wenn es nach ihr gegangen wäre, hätte sie noch eine ganze Weile mit ihm weitermachen können, aber dann waren die Beamten der JVA misstrauisch geworden. Weil Romans Mutter ihren Goldjungen auch mal besuchen wollte, nur war da die ihm zugestandene Besuchszeit bereits ausgeschöpft durch Schwestern, Tantchen und Kusinen. Dumm nur, dass der hübsche Roman gar keine Verwandten hatte, abgesehen von Mama natürlich. Sein reger Verkehr mit weiblichen Nichtverwandten war also aufgeflogen und jeglicher Besuch für den Schwerverbrecher wurde untersagt. Das galt auch für Biggi, aber immerhin hatte sie mehr Material für ihren Artikel zusammengetragen, als sie brauchte.

Zufrieden las sie ihn noch einmal durch, Wort für Wort. Tatsache, er war wirklich gut.

Roman würde sie nie wiedersehen, dafür stand Arnulf auf dem Programm, ein Tiertrainer, dessen Hundeschule in aller Munde war.

Doch bevor sie ihn aufsuchte, wollte sie den Sonntagmorgen genießen, und zwar mit einem Frühstück, das aus Croissants mit Schokoladencreme und Pudding mit Himbeersoße bestand, sowie aus einem kräftigen Kaffee ohne

Sahne oder Zucker. Schließlich musste sie auf ihre Linie achten. Wenig später war Biggi satt und räumte den Tisch ab. Den Kochtopf mit den Puddingresten aber stellte sie auf den Küchenboden, denn dafür hatte sie eine ganz besondere Verwendung. Die Reste waren für Liese bestimmt, ihre Mitbewohnerin. Liese war eine Bombay-Katze, rassig und schwarz wie die Nacht. Ein Panter im Miniformat, wenn auch ziemlich dick.

»Happihappi«, rief Biggi durch das Haus.

Kurz darauf tappte Liese heran, und sogleich machte sie sich über den Inhalt des Topfes her. Während ihre Zunge schleckte, was das Zeug hielt, strich Biggi über das samtweiche Fell ihres Lieblings. Im Sonnenlicht schimmerte es exotisch und erinnerte sie an einen Mann, den sie im letzten Jahr interviewt hatte: Mister Aleeke Mbuso, der

Diamantenhändler. Ein Spezialist des weltweiten Handels mit dem kostbaren Mineral. Wegen ihrer Recherchen über einen spektakulären Raub war sie extra nach Indien gereist, nach Mumbai, in die Stadt, die früher Bombay hieß. Dort hatte sie Aleeke getroffen. Aleeke war ein afrikanischer Name, er bedeutete so viel wie starker Löwe, und sein Träger war diesem Ruf in jeder Beziehung gerecht geworden.

Liese war fertig mit ihrem Mahl und trollte sich. Biggi stellte den Kochtopf in den Geschirrspüler und machte sich zu Arnulf auf.

Unterwegs grübelte sie, was sie bei dem Hundetrainer erwarten mochte. Arnulf klang nach Mittelalter, nach Rittern, Grafen oder Fürsten.

Sie traf ihn auf dem Hundeplatz an und staunte nicht schlecht. Arnulf war keineswegs altbacken, sondern ein junger Mann, athletisch und gebräunt und dazu mit Muskeln, die sein Hemd zu sprengen schienen. Biggi war sogleich hin und weg. Nach dem nötigsten Vorgeplänkel landeten sie bei ihm im Bett, und ganz nebenbei gelang es ihr, ihn zu den Methoden zu befragen, mit denen er die Hunde konditionierte.

»Das Geheimnis ist eine ausgewogene Mischung aus Zuckerbrot und Peitsche. Wenn du das beherzigst, frisst dir jedes Tier aus der Hand«, antwortete Arnulf und warf Kurti beiläufig einen Leckerbissen zu. Kurti war sein Lieblingshund, ein weißgelber Mops, von dem er sich niemals trennte. Nicht einmal, wenn er mit einer Lady schlief.

In den darauffolgenden Wochen trafen sich Biggi und Arnulf regelmäßig zum Erfahrungsaustausch, wie es Biggi bei sich nannte. Manchmal ging sie zu ihm, aber meistens waren sie bei ihr. So auch an diesem Tag. Es war ein Sonnabend im Mai, ein schöner und warmer Tag, Wie gewöhnlich brachte Arnulf Kurti mit.

Biggi führte die beiden erst einmal in ihre Wohnstube, wo sie die Kaffeetafel gedeckt hatte. In einer Schale lagen frisch gebackene und noch warme Schokoladenkekse, auf einem Teller türmten sich Cremetörtchen und in einem Porzellankännchen befand sich geschlagene Sahne.

Liese döste in der Hängematte ihres Kratzbaumes und beäugte ab und zu die Pracht. Bei Kurtis Anblick richtete sie sich auf und mauzte leise. Es klang, als wäre sie empört, aber Biggi warf ihr einen strafenden Blick zu, so dass Liese verstummte. Dafür sprang sie auf Biggis Schoß.

»Nicht jetzt.« Biggi setzte die Katze auf den Teppichboden und gab ihr einen Klaps. Dann wandte sie sich Arnulf zu: »Möchtest du ein Törtchen?«

Arnulf stopfte die Köstlichkeit in sich hinein, als hätte er seit Tagen nichts gegessen.

Kurti ging leer aus, dafür tropfte zäher Sabber aus seinem Mundwinkel, und zwar nicht zu knapp.

»Du solltest dein Katzentier auf Diät setzen«, sagte Arnulf, während er nach einem zweiten Törtchen griff. »Sie ist viel zu dick.«

»Nicht zu dick, nur ein wenig rund.« Biggi lächelte zärtlich. »Liese kommt nach meiner Oma, von ihr hat sie auch den Namen: Lieselotte. Oma Liese war eine große Naschkatze. Sie liebte Süßes, da war es kein Wunder, dass sie immer dicker wurde. Zugleich war sie aber auch ganz weich - ich habe mich immer geborgen gefühlt, wenn ich mich in ihre Arme gekuschelt habe. Liese ist für mich wie ein Kind.«

»Hast du schon vergessen, was ich dir beigebracht habe? Zuckerbrot und

Peitsche, erinnere dich. Eine Katze ist ein Tier und keine Oma. Erst recht kein Kind.«

»Das ist ein Hund auch nicht.«

Arnulf schielte nach den Törtchen, griff aber zu einem Keks. »Willst du damit andeuten, dass ich Kurti falsch behandle? Obwohl er eine feste Hand braucht, ist der Hund der beste Freund des Menschen. Ich liebe Kurti, das steht fest.«

Kurti hob den Kopf. Unter seiner Schnauze hatte sich auf dem Sofabezug ein feuchter, klebriger Fleck gebildet.

»Und ich liebe meine Liese«, sagte Biggi mit einer Stimme, die höher als gewöhnlich war.

Arnulf schien das nicht zu bemerken, genauso wenig ahnte er vermutlich, was er losgetreten hatte. Er palaverte von Dingen wie der Verantwortung der Menschen und den Unterschieden zwischen Hunden und Katzen, wobei

Hunde viel besser wegkamen. Je länger er redete, umso stärker zitterten Lieses Schnurrhaare. Arnulf hielt nur inne, um nach dem dritten Törtchen zu greifen. Nach einem Blick auf Liese ließ er die Hand jedoch sinken und sagte: »Ich glaube, ich nehme nur ein halbes.«

Biggi stand auf und holte ein Messer aus der Küche. Kaum hatte sie wieder Platz genommen, setzte Arnulf seinen Vortrag fort.

Liese sprang mit einem gewaltigen Satz über den Tisch. Sie landete auf seiner Brust, kam auf dem glatten Stoff seines Hemdes ins Rutschen und fuhr die Krallen aus, um sich festzuhalten.

Biggi schrie auf, Arnulf schrie noch lauter, und Kurti kläffte und riss an seiner Leine, als wäre er ein Wolf.

Um ihre Liese zu schnappen, sprang Biggi auf, bedachte jedoch nicht, dass sie noch das Messer in der Hand hatte, mit dem sie das letzte Törtchen teilen wollte. Biggi stolperte und stürzte auf Arnulfs Bauch. Liese hatte sich auf den Kratzbaum gerettet, das Messer allerdings steckte bis zum Heft in Arnulfs Brust.

Entsetzt starrte Biggi auf den roten Blutfleck, der rings um die Einstichstelle größer und größer wurde. Sie fühlte nach Arnulfs Puls, doch da war nichts. Was um Himmels Willen sollte sie nun tun? Die Polizei würde ihr niemals glauben, dass es ein Unfall gewesen war.

Roman fiel ihr ein und das, was er ihr bei ihrem letzten Treffen erzählt hatte. Hast du eine Leiche am Hals, dann sorge dafür, dass sie verschwindet. Im Wald oder in einem See zum Beispiel, und am besten in Einzelteilen, damit niemand sie identifizieren kann.

Es kostete sie einige Anstrengung, den toten Arnulf in die Badewanne zu verfrachten, und noch mehr, ihn in handliche Stücke zu zerteilen. Während sie sich abmühte, hockte Kurti neben ihr und sah zu. Jeden Handgriff untermalte er mit einem Wimmern.

Biggi musterte ihn. Der Hund sah richtig abgemagert aus, bestimmt hatte er Hunger. Sie warf ihm ein Stückchen Leber zu. Kurti schnappte, schluckte und leckte sich das Maul. Auf einmal wusste Biggi, was sie zu tun hatte. Im Wald wären Arnulfs sterbliche Überreste verschwendet, bei Mops Kurti hingegen, ihrem neuen Hund, waren sie viel besser aufgehoben.

Eine Woche später schlug Biggi wieder die Tageszeitung auf. Ihr Artikel über eine artgerechte Hundehaltung hatte es diesmal sogar auf Seite zwei geschafft. Das Einzige, was fehlte, war die Aussage, wie oft und mit welcher Menge man Hunde füttern sollte, um sie gut zu ernähren, und auch, welches Futter für die verschiedenen Rassen am besten geeignet war. Dazu hatte sie Arnulf leider nicht mehr befragen können. Eines aber wusste sie genau: Menschenfleisch musste recht lecker sein, denn Mops Kurti hatte den Hundetrainer inzwischen restlos vertilgt.

Natürlich gedüngt

Lola und Willi lebten zufrieden. Vor
fast zehn Jahren war das Paar in Rente
gegangen, nahezu zeitgleich. Sie hatten
die große Wohnung in der Salzburger
Innenstadt verkauft und von dem Erlös
sowie ihren übrigen Ersparnissen ein
Domizil auf dem Darß erstanden. Es
war ein kleines Haus, doch es sah sehr
hübsch aus mit der bemalten Tür unter
dem reetgedeckten Dach.

Hinter dem Garten erhob sich ein
Berg, ein Hügel eher, aber dafür war er

ziemlich breit und lang. Sie hatten ihn umgestaltet, zu einem Weinberg, denn davon hatte Lola schon lange geträumt. Zwar war das raue Klima an der Küste dafür nicht so geeignet wie das Wetter in Österreich, doch ihre Reben trugen mehr als erwartet.

Jedes Jahr reisten junge Menschen zum Helfen an, meistens Studenten, und mit den Männern hatte Lola bislang recht gute Erfahrungen gemacht, die Mädchen jedoch – die waren oft schwierig. Vor allem wegen Willi, der es genoss und regelrecht aufblühte, sobald ein junges Ding mit dem kurzen Röckchen wippte.

In diesem Sommer hatte Lola nur wenige Bewerbungen gehabt, und von denen war im Grunde nur eine einzige einigermaßen annehmbar gewesen: die von Roxane, einer Austauschülerin aus Tschechien, die in den Ferien etwas Geld verdienen wollte, denn nächsten

Sommer wollte sie quer durch Europa touren, wie sie angegeben hatte. Um neue Länder kennenzulernen und viele Erfahrungen zu sammeln.

Lolas Blick fiel auf den Berg, auf dem die Reben akkurat ausgerichtet standen wie Soldaten beim Morgenappell. Sie reckte den Hals. Wo Willi nur blieb? Er sollte doch längst mit der Ernte begonnen haben. Bestimmt saß er wieder am Strand und träumte.

Willi hatte nicht viel für Wein übrig. Er hatte zur See gewollt, als Matrose oder Koch vielleicht. Die Ferne und die exotischen Orte lockten ihn. Das hatte er ihr gesagt, an seinem Geburtstag, dem vierzigsten. Ihr wäre fast das Herz dabei stehen geblieben, doch sie hatte sich schnell gefasst und ihn auf den Boden der Tatsachen zurückgeholt. In diesem Alter heuerte man nicht mehr auf einem Schiff an, sondern ankerte im Hafen der Ehe.

Gelächter drang an ihr Ohr. Roxane. Dann fiel Willi ein. Die beiden kamen durch den Garten gelaufen. Schnell trat Lola vom Fenster zurück.

Willi polterte herein. »Was gibt es zu essen?«

»Matjestartar mit Kartoffelpuffer und Senf-Dill-Sauce, aber ehe es so weit ist, musst du die Trauben ernten.«

»Ich dir gerne helfen«, radebrechte Roxane und schaute Willi an.

Lola fing ihren Blick auf und runzelte die Stirn. Sie wusste die Zeichen zu deuten, es war immer das Gleiche. Mit der Kleinen würde es bald schon Ärger geben. Bei Susi hatte es haargenau so begonnen. Ein kleines Kichern, ein paar nette Worte genügten, und der gute Willi war hingerissen.

Susi war im letzten Jahr bei ihnen gewesen, und anfänglich hatte Lola das Mädel sogar gemocht. Später dann jedoch hatte sie sich von ihr trennen müssen. Ein Stoß bei einem Ausflug zu den Kreidefelsen an die Nordostküste von Rügen hatte genügt, und Lola war im Wasser der Ostsee verschwunden. Ihre Leiche wurde nie geborgen. Es war ein schönes, sauberes Ende gewesen, ganz nach Lolas Geschmack.

Mit Susis Vorgängerin war es nicht so einfach gewesen. Mandy war im vorletzten Jahr zur Ernte auf den Darß gekommen, doch dann hatte sich rausgestellt, dass sie lieber Urlaub machen wollte, anstatt zu arbeiten.

Unwillig runzelte Lola die Stirn. Jetzt war keine Zeit, um an Mandy oder Susi zu denken. Sie musste das Mittagessen vorbereiten. Im Kühlschrank warteten die Kartoffeln, die sie am Vortag gekocht hatte, und auch der Matjesfisch musste noch zu Tartar verarbeitet werden.

Die Arbeit ging ihr leicht von der Hand. Beim Zwiebelschälen traten ihr

Tränen in die Augen, doch sie ließ sie laufen. Nur manchmal, da schniefte sie. Ihre Wangen waren noch feucht, als sie die Kartoffeln mitsamt der Zwiebel durch eine Reibe drückte, drei Esslöffel Mehl und zwei Eier dazugab, mit Salz und Pfeffer würzte und anschließend die Masse gut durchknetete. Das Öl zischte, als der Teig löffelweise in die heiße Pfanne glitt. Keine zehn Minuten später waren die Puffer goldbraun, so hatte Willi sie besonders gern.

Kaum hatte Lola die Teller gefüllt, fanden sich Willi und Roxane am Mittagstisch ein. Nach dem Essen wusch Lola das Geschirr ab. Für drei Teller lohnte es sich nicht, den Geschirrspüler anzustellen. Die Sparsamkeit hatte sie von ihrer Großmutter übernommen.

»Wie kommt ihr mit der Weinlese voran?«, fragte sie.

»Ernte sein gut«, sagte Roxane und ließ ihr Kleinmädchenkichern hören.

Willi grinste. »Du wirst staunen, wie viel wir heuer verarbeiten können. Ich hätte nie damit gerechnet, dass der Wein so gut gedeiht.«

Lola nickte. Sie hatte nichts anderes erwartet, schließlich war der Boden auf das Beste gedüngt. Asche fördert das Wachstum, das hatte sie gelesen und später mit Mandy ausprobiert. Leichen konnte man eben nicht im Mülleimer entsorgen.

»Gleich morgen fahre ich nach Warnemünde. Der neue Wirt vom *Spökenkieker* hat Interesse an unserem Wein. Wenn er die ganze Ernte kauft, schenke ich dir einen Ring«, sagte Willi, doch er schaute dabei nicht Lola an, sondern Roxane.

Lola schluckte ein paarmal, um den Kloß wegzukriegen, der plötzlich in ihrem Hals steckte. Für Selbstmitleid war jetzt keine Zeit. Sie brauchte eine Idee, und zwar schnell. Während sie wartete, bis Willi abgefahren war, goss sie Roxane ein Glas Becherovka ein. Den bitteren Kräuterschnaps hatte das Mädchen bei der Anreise angeschleppt, als Spezialität ihrer Heimat. Ganz stolz hatte sie geguckt, als sie das erklärt hatte.

Lola hingegen fand ihn scheußlich und Roxanes Kichern auch. Sie hätte ihr am liebsten das Glas in den Mund gestopft. Oder ihr den Kehlkopf zerschmettert. Ihr Handkantenschlag war berüchtigt, sie hatte viele Jahre Karate trainiert, aber irgendwie schien Roxane Verdacht geschöpft zu haben, denn sie ließ Lola nicht nah genug an sich heran.

Fieberhaft überlegte Lola, was sie mit der Kleinen anstellen könnte. »Hat der Willi dich schon herumgeführt und dir gezeigt, wie der Wein gelagert wird?«, fragte sie schließlich.

Roxane schüttelte den Kopf. »Noch nicht, will zeigen morgen.«

»Warum bis morgen warten? Komm, ich übernehme das.« Lola führte das Mädchen in den Keller.

Mit großen Augen musterte Roxane die riesigen Edelstahltanks, die entlang der Wand Seite an Seite standen. Ein jeder fasste eintausend Liter.

»Kann probieren man schon von dem Wein?«, wollte sie wissen.

»Nicht jeden Jahrgang, aber der hier müsste gehen.« Lola kletterte auf eine Leiter und öffnete den Tank, in dem die Ernte vom vergangenen Jahr reifte.

Roxane war ihr gefolgt. Lola drückte ihr einen Becher in die Hand. »Bediene dich ruhig.«

Roxane beugte sich vor. Ein kräftiger Stups in den Rücken, und sie flutschte durch die Deckelöffnung ins Innere des Tanks. In Windeseile knallte Lola den Deckel zu und schraubte ihn fest.

Von innen hämmerte Roxane gegen die Wand, doch bald verstummte sie.

Der Tank war gut gefüllt, man musste schon ein guter Schwimmer sein, um sich lange an der Oberfläche zu halten. Roxane vermochte gut mit Männern wie Willi zu flirten, schwimmen aber konnte sie nicht.

Am Abend fragte Willi: »Wo ist eigentlich unsere junge Erntehelferin?«

»Roxane? Die ist weg. Weil sie es sich anders überlegt hat.« Lola gab sich Mühe, beiläufig zu klingen. »Sie hatte wohl andere Vorstellungen von dem Job.« Das war nicht einmal gelogen.
Ein Jahr später fuhr Willi nach Berlin. Dort fand die Genussmesse statt, auf der die besten Jahrgangsweine gekürt wurden. Im Gepäck hatte Willi einige Flaschen des Weines, der aus dem Tank stammte, in dem Roxana lag.

Ungeduldig wartete Lola zu Hause, dass sich Willi bei ihr meldete. Beim ersten Klingeln des Telefons nahm sie ab. »Und? Wie war's?«

»Gewonnen, wir haben gewonnen.« Willis Stimme klang hell vor Freude. Die Jury hatte ihren Wein mit einer Medaille ausgezeichnet, und das hatte gleich mehrere renommierte Sommeliers aufhorchen lassen.

Lola nickte zufrieden. Erstmals war der Verkauf des Weines über einen längeren Zeitraum hinweg gesichert, und mit dem Geld konnten sie endlich feste Arbeitskräfte einstellen. Wenn es nach ihr ginge, würde sie nur Männer nehmen, die kräftig anpacken konnten. Auf keinen Fall Mädchen, die sich an ihren Willi heranmachten.

Und Willi? Der würde sich schon daran gewöhnen, dass sie nie wieder eine andere Frau in ihrem Haus duldete, denn noch mehr Dünger konnte sie nun wirklich nicht gebrauchen.

Drei Kreuze

Trübsinnig starrte Maik auf den Slot. Die drei Walzen ratterten, dann blieb eine nach der anderen stehen und in den Fenstern erschienen die Bilder. Kirsche, Kirsche, Birne. So ein verdammter Mist. Seit drei Stunden hockte er nun schon vor dem Automaten, und seit drei Stunden hatte er diese dumme Pechsträhne. Dabei brauchte er dringender als je einen Sieg. Knolle und Gap warteten schon darauf, dass er ihnen das Geld zurückzahlte, das er sich geborgt hatte. Vor vier Tagen war die Frist verstrichen, und Knolle hatte bereits mehrmals angerufen und dabei richtig böse geklungen.

Maik steckte den letzten Jeton in den Schlitz, er konnte nicht anders, er war ein Spieler. Sogleich begannen die Walzen zu rotieren und er verschränkte die Finger ineinander, um zu verhindern, dass sie zitterten. Die Spannung nahm ihn gefangen, kaum konnte er es erwarten, dass der Zufallsgenerator die erhoffte Kombination hervorbrachte. Drei identische Früchte, und er würde gewinnen.

Das Rattern des Automaten klang wie Musik in Maiks Ohren, dann ploppten die Symbole auf: Kirsche, Birne, Pflaume. Er starrte auf die Bilder, als könne er nicht glauben, was er sah. Doppelmist.

Resigniert rutschte er vom Barhocker und strebte dem Ausgang des Casinos zu. Andy vom Einlass winkte ihm zum Abschied nach. Andy war ganz okay, er hatte ihn sogar mal spielen lassen, obwohl er keinen Personalausweis vorzeigen konnte. Den hatte ihm so ein Typ in der U-Bahn geklaut. Maik hätte ihn fast geschnappt, aber dann war er gestolpert, und der Bursche war ihm entkommen. Mit seiner Brieftasche. Er nickte grüßend in Andys Richtung und trat in die Kälte.

Knolle und Gap warteten schon, sie hatten sich nicht einmal die Mühe gemacht, sich zu verstecken. Breitbeinig wie zwei Revolverhelden standen sie auf der Panoramastraße. Der eine sah doof aus, der andere scheiße. Maik hatte keine Chance, ihnen aus dem Weg zu gehen, also lief er ihnen entgegen.

»Hast du die Kohle?«, fragte Knolle, ohne sich mit einer Begrüßung aufzuhalten. Er war ein vierschrötiger Kerl mit einem Nacken wie ein Stier und einer plattgedrückten Nase. Es hieß, er wäre mal Boxer gewesen, doch das glaubte Maik nicht. Boxer brauchten nicht nur schnelle Fäuste, sondern auch Köpfchen. Knolle fehlte beides.

Er schüttelte den Kopf. »Morgen, da kriegt ihr das Geld.«

»Morgen, morgen, nur nicht heute, sagen alle faulen Leute.« Gap grinste, dass die Lücke zwischen seinen Vorderzähnen zu sehen war. Sie stammte von einer Prügelei, die der schmächtige Gap mit Sicherheit verloren hätte, wäre ihm Knolle nicht zu Hilfe gekommen. Der hatte die Angreifer vermöbelt, und Gap war mit einem blauen Auge davongekommen. Oder vielmehr mit der Lücke, die ihm seinen Spitznamen eingebracht hatte: Gap. Im Gegensatz zu Knolle war Gap klug. Er hatte sogar studiert, irgendwas mit Kunst, aber dann hatte er angefangen zu koksen.

Angeblich weil das alle großen Maler machen würden, allerdings hatte es bei Gap nichts genützt. Statt ihm zu Meisterwerken und Ruhm zu verhelfen, hatten ihn die Drogen bloß dorthin gebracht, wo er jetzt war. In den Abgrund.

»Ehrlich, morgen ist das Geld da, versprochen.« Maik hörte selbst, wie lahm er klang.

Gap feixte. »Du denkst doch nicht etwa, dass du uns bescheißen kannst, oder?«

»Niemals, ich brauche nur ein bisschen mehr Zeit.«

»Nämlich wenn du uns bescheißen willst, musst du früher aufstehen.« Wieder kicherte Gap. »Du hältst dich bestimmt für genial, aber weißt du, was der Unterschied zwischen Genialität und Dummheit ist? Genialität hat ihre Grenzen. Das stammt nicht von mir, das hat Albert Einstein gesagt.« Er gab

Knolle ein Zeichen. Der zauberte einen Schlagring aus seiner Jackentasche und schob ihn über die Finger. Im Gesicht hatte er einen Ausdruck, der Maik zum Erschauern brachte. Gehetzt sah er sich um.

Aus der Spielbank drängte ein Pulk junger Männer ins Freie, ein Junggesellenabschied, denn einer hatte eine Krone mit der Aufschrift *Freiheit bye, bye* auf dem Kopf. Sie kamen auf ihn zu, und als sie auf gleicher Höhe waren, tauchte Maik in ihrer Mitte unter.

Knolle und Gap sahen aus, als würden sie jeden Moment kotzen. Maik grinste und winkte ihnen, dann bog er im Schutz der Gruppe um die Ecke. Kaum war er außer Sicht, rannte er los.

Am nächsten Morgen wurde er davon geweckt, dass jemand an seine Wohnungstür hämmerte. Er schlich zur Tür und lugte durch den Spion.

Im Treppenhaus stand ein Typ wie aus der Werbung für Outdoorurlaub. Gewelltes blondes Haar, gebräuntes Gesicht und gekleidet in Jeans und ein rotes Holzfällerhemd, über dem er eine offene Daunenweste trug. Maik hatte ihn noch nie im Leben gesehen und öffnete.

Ein Fehler, wie sich schnell herausstellte, denn der Fremde drängte ihn in den Flur und warf hinter ihnen die Tür ins Schloss. »Ich Igor, ich abholen Geld. Dawai.«

Maik stellte sich dumm. »Welches Geld?«

»Ist Auftrag von Gap, du geben Geld mir, ich bringen ihm.«

Wie es aussah, hatten seine Gläubiger einen neuen Handlanger an Land gezogen. Aber vielleicht konnte man mit dem Typen reden, er sah nicht so aus, als wäre er auf Streit aus. »Komm erstmal rein, mein Freund.« Maik ging voran ins Wohnzimmer.

Igor folgte ihm auf dem Fuße. In der Stube sah er sich kurz um, musterte die durchgesessene Couch und den Sessel, dessen Lehne abgewetzt war, so dass man die Polsterung sehen konnte. »Ist gutt.« Das war alles, was er sagte.

»Hast du Durst?« Maik entsann sich der Flasche Wodka, die noch im Kühlschrank stehen musste; ein Geschenk, obwohl er sich nicht erinnern konnte, von wem. Russen jedenfalls standen auf das Zeug, hatte er mal gehört, und er hoffte, dass sein Gast keine Ausnahme war. Ohne Igors Antwort abzuwarten, holte er die Flasche und füllte zwei Wassergläser bis knapp unter den Rand. »Prost.«

»Na sdorowje.« Igor kippte den Schnaps auf Ex. Kaum fertig, hielt er Maik das Glas hin. Der schenkte nach.

Eine Stunde später war Igor sternhagelvoll, und Maik überlegte, was er mit ihm anfangen sollte. Letztendlich entschied er sich für eine Spritztour. Es dauerte geraume Zeit, bis er den Russen in dem Polo hatte, den ihm seine Eltern vor mehr als zwanzig Jahren überlassen hatten. Damals war Maik Anfang zwanzig gewesen und hatte den Wagen toll gefunden. Inzwischen war das Auto Schrott, aber es fuhr noch, zumindest an den besseren Tagen. Er betete, dass heute einer dieser Tage war, und tatsächlich, schon beim vierten Versuch sprang der Polo an.

Maik fuhr bis nach Spandau, wo die Spree in die Havel mündete. An einer abschüssigen Stelle stieg er aus dem Wagen. Igor schnarchte, was das Zeug hielt. Ein Blick nach links, einer nach rechts, kein Mensch war zu sehen. Geschwind löste Maik die Handbremse und stemmte sich gegen das Heck des

Polos, um das Auto näher ans Ufer zu schieben. Ein letzter Stoß, und der Pola samt Igor versanken in den Fluten. Bis zum letzten Moment hatte Maik nicht so recht daran geglaubt, dass sein Plan gelingen würde, aber jetzt atmete er erleichtert auf. Irgendwann würde die Müllabfuhr den Polo aus dem Wasser fischen, und mit ein wenig Glück würde das erst dann passieren, wenn die Strömung Igors Körper unkenntlich gemacht hatte. Man würde denken, er – Maik – hätte einen tödlichen Unfall gehabt. Auch Gap und Knolle würden das annehmen.

Doch dann fiel Maik ein, dass er nicht wieder zurück in die Wohnung konnte. Er hatte nur noch das, was er am Leibe trug. Selbst das Handy war weg, denn in der Aufregung hatte er vergessen, es aus dem Fach in der Mittelkonsole des Autos zu nehmen. Während er auf die Wellen starrte, die sich an der Uferbegrenzung brachen, wanderten seine Gedanken zurück. Es hatte mal eine Zeit gegeben, da war er glücklich gewesen. Das war, bevor er auf die Idee gekommen war, sich von Knolle und Gap Geld zu borgen. Damals war er meistens mit Jan, seinem Jugendfreund, um die Häuser gezogen.

Maik stutzte, das war die Lösung. Jan würde ihm bestimmt unter die Arme greifen. Umgehend machte er sich zu ihm auf.

Der Freund wohnte in einer schicken Doppelhaushälfte gleich um die Ecke. In der Einfahrt parkte ein Mercedes, demnach war er zu Hause. Maik schellte.

»Du?« Jan schien ehrlich überrascht zu sein.

Hastig schob sich Maik an ihm vorbei ins Innere. »Mach bitte die Tür zu. Schnell.«

»Du wirkst gehetzt. Was ist los?«

»Besser, du weißt von nichts. Nur so viel: Ich muss weg, einige Zeit untertauchen.«

»Hier kannst du nicht bleiben.«

Maik verzog den Mund. Wenn Jan nein sagte, meinte er auch nein. Schon früher hatte er seine Meinung niemals geändert. »Kannst du mir wenigstens ein bisschen Geld leihen? Ich bin völlig abgebrannt.«

Jan zottelte ein paar Scheine aus der Brieftasche und drückte sie Maik in die Hand. »Am besten, du suchst dir ein abgelegenes Hotel.«

Maik zählte das Geld. Es waren zweihundert Euro, die sollten fürs Erste genügen. »Danke, Kumpel. Ich zahle es dir so schnell es geht zurück.«

Jan schaute auf seine Armbanduhr. »Ich muss los, die Arbeit ruft.«

Ein Händeschütteln, und Maik fand sich in der Einfahrt wieder. Vom Turm der Petruskirche wehten sieben dunkle

Glockenschläge durch den Morgen. In Kürze öffneten die ersten Bäckerläden. Es war Zeit für ihn, aus der Gegend zu verschwinden.

Er eilte die Straße hinunter zur nächsten Ecke und weiter bis zur U-Bahn-Station am Spandauer Rathaus. Hier wogte bereits der morgendliche Berufsverkehr, kein Mensch schenkte ihm Beachtung, als er sich durch die Menge drängte, um im letzten Moment in die Linie 7 zu springen, gerade noch rechtzeitig, ehe sich die Wagentür schloss. Im Innern ließ er sich auf einen Fensterplatz fallen. Blicklos starrte er auf sein Konterfei, das sich in der Scheibe spiegelte. Die Geräusche um ihn her verschwammen zu einem Summen. Er spürte, wie erschöpft er war, gähnte und schloss die Augen. Keine fünf Minuten später war er eingenickt.

Ein paar Stationen weiter schreckte er auf und schaute sich um. Die Bahn hatte den Bahnhof am Adenauerplatz erreicht. Ungefähr fünfhundert Meter weiter befand sich eine Pension, dort würde er untertauchen und sich erst einmal richtig ausschlafen.

Maik sprang aus der Bahn und lief die Treppe zur Straße hinauf. Mit langen Schritten eilte er die Brandenburger Straße entlang, er lief und lief und erst als das mit lilafarbener Folie beklebte Schaufenster einer Spielothek vor ihm auftauchte, merkte er, dass er zu weit gelaufen war.

Zögernd blieb er stehen. Wie von selbst fuhr seine Hand in die Hosentasche, in der die Geldscheine knisterten, die ihm Jan gegeben hatte. Noch war es nicht zu spät, noch konnte er umdrehen und sich in der Pension ein Zimmer nehmen.

Andererseits … was, wenn ihm das Glück hold war? Dann könnte er alle Schulden bezahlen und in seine Wohnung zurückkehren. Er hätte sein altes Leben zurück, es war ein verlockender Gedanke.

Maik gab sich einen Ruck und stieß die Tür der Spielhalle auf. Drinnen roch es nach Kaffee und altem Fett. Er war der einzige Gast, tauschte einen Schein gegen Münzen ein und nahm vor dem erstbesten Automaten Platz. Auf der Stelle nahm ihn das Spiel gefangen, und obwohl er anfänglich ein paar Gewinne einstrich, dauerte es nicht lange, da hatte er jeden Cent verloren.

Müde taumelte er aus der Spielothek. Vor der Tür wurde er von jemandem angerempelt, doch er merkte es nicht einmal. Und plötzlich tauchte Knolle auf. Ohne ein Wort packte er Maiks Arm, doch mit letzter Kraft riss sich Maik los und rannte über die Fahrbahn davon. Knolle folgte ihm, dann ein Hupen. Bremsen kreischten, und als Maik einen Blick zurück riskierte, sah er den Dicken in einer Lache Blut unter einem LKW liegen.

Hastig machte sich Maik aus dem Staub. Egal, was ihn erwartete, er wollte nur eines: heim.

Zwei Tage später bekam Maik erneut Besuch. Diesmal war es Gap, doch im Gegensatz zu Igor wartete er nicht, bis Maik ihn in die Wohnung bat, sondern stiefelte gleich durch die Tür, kaum dass Maik geöffnet hatte. Ein Blick in Gaps Augen, und Maik wusste Bescheid. Gap war stoned, und wenn er in diesem Zustand war, konnte man nicht vernünftig mit ihm reden. Jetzt bereute es Maik, dass er in der Wohnung ausgeharrt hatte, anstatt seine Sachen zu packen und davonzulaufen.

Gap brüllte wie ein Stier und ging auf ihn los. Maik flüchtete sich hinter den Sessel, aber Gap trat das Möbelstück beiseite, als wäre es aus Karton. Er jagte Maik durch die Stube, den Flur entlang und weiter in das kleine Zimmer am Ende des Korridors, in dem Maik schlief.

Gehetzt sah sich Maik um. Das Zimmerchen bot kein Versteck, er saß in der Falle. In Todesangst presste er sich neben dem Türrahmen eng an die Wand. Schon fegte Gap herein, und in einem letzten Aufbäumen stellte Maik ihm ein Bein.

Der Dürre kam ins Straucheln, er konnte sich nicht halten und flog förmlich am Bett vorbei auf das Fenster zu, das Maik am Morgen zum Lüften geöffnet hatte.

»Stopp«, schrie Maik, doch in Gaps Herumgebrülle ging sein Warnruf unter. Ungebremst segelte Gap ins Freie.

Maik sprang durch den Raum und beugte sich aus dem Fenster, bis er den Gehweg sehen konnte. Fünf Stockwerke unter ihm lag Gap auf dem Asphalt.

Vorsichtig machte Maik das Fenster zu. Tief atmete er ein. Hinter ihm lag eine anstrengende Woche, doch wenigstens war er Gap samt Kumpanen los. Er konnte drei Kreuze machen, dass die Jagd auf ihn vorüber war. Im Wald. Für jeden Gauner eines.

Es leuchtet so hell

Werner Krümmel war ein Mann in den besten Jahren, dennoch lebte er allein. Er hatte weder Frau noch Kinder, und ein Haustier kam für ihn ebenfalls nicht in Frage. Werner liebte sein Leben so, wie es war. Er genoss die Abende, in denen er ungestört vor dem Fernseher saß, die Beine auf den Tisch gelegt und eine Flasche Bier in der Hand. Er liebte auch seinen Job als Gabelstaplerfahrer in einem Lagerkomplex, der sich auf der anderen Seite der Stadt befand. Gleich nach der Lehre hatte er dort mit der Arbeit angefangen und war bis heute dabeigeblieben. Veränderungen waren nicht so sein Ding, er hing an allem, was er kannte.

Wie jedes Jahr kletterte Werner in der Woche vor dem ersten Advent mit den Lichterketten unterm Arm aufs Dach seines Holzhauses. Langsam schob er sich auf dem Laufsteg, der eigentlich für den Schornsteinfeger vorgesehen war, in Richtung Giebelseite vor. Am Ende angekommen verharrte er einen Moment und atmete tief durch. Von oben wirkte das Haus viel höher, als es in Wirklichkeit war.

Aus den Augenwinkeln registrierte er Karl-Gustav, seinen Nachbarn zur Rechten, der sich gleichermaßen mit Weihnachtsdekoration bewaffnet hatte und im Begriff war, das eigene Haus zu schmücken. Seit mehr als zehn Jahren herrschte zwischen ihnen ein Kampf. Es war ein Wettbewerb um das am hellsten leuchtende Gebäude und das am schönsten dekorierte Grundstück der Stadt.

Mit der linken Hand tastete Werner nach den Dachziegeln. Sie waren fest und würden die ihnen zugedachte Last sicher tragen können. Mit rechts fummelte er das Ende der ersten Lichterkette aus dem Knäuel und befestigte es mit Häkchen auf dem First. Zentimeter um Zentimeter wickelte er die Kette ab und hängte sie in Abständen an selbstklebenden Häkchen auf das Dach. Als er beim sechsten Haken angelangt war, riss sich die Schnur los und versank mitsamt der Halterung und den restlichen Lichterketten in der spärlichen Buchsbaumhecke, die unter seinem Schlafzimmerfenster vor sich hinvegetierte.

»Verdammt«, zischte Werner laut und robbte zum Dachfenster zurück, um ins Innere zu klettern und nach unten zu eilen. Keine fünf Minuten später zupfte er die Beleuchtung aus der Hecke und begab sich erneut auf das Dach.

Dieses Mal funktionierte sein Plan besser, und bald zierte die erste Kette den First des Hauses. Nun machte er sich daran, die Lichterspur an den langen Giebelseiten zu installieren. Die Methode war die gleiche, der Erfolg jedoch blieb aus. Auf den abschüssigen Reihen fanden die Haken keinen Halt, doch Werner verzagte nicht, sondern besann sich auf den Tacker, den er im Keller liegen hatte.

In dem kleinen Verhau musste er erst eine Weile suchen, bis er die Kiste mit dem Werkzeug entdeckte. Sie stand hinter dem Christbaum aus Kunststoff verborgen, und mit Wehmut erinnerte er sich daran, dass er im letzten Jahr mehrere Verästelungen des Baumes an das Vordach genagelt hatte. Es war ein schönes Bild gewesen, auch wenn der restliche Baum später im Wohnzimmer ziemlich kahl ausgesehen hatte.

Noch während er überlegte, ob er auch in diesem Jahr die Zweige über der Tür anbringen sollte, fand er den Tacker und steckte ihn ein. Wieder auf dem Dach angekommen, sah er Karl-Gustav auf einer großen Leiter stehen und kleine, rot bemützte Stoffbündel an die Fensterläden seines Hauses binden.

»Hängst du Rotkäppchen auf?«, rief er zu ihm hinüber.

Karl-Gustav lachte meckernd wie ein alter Ziegenbock. »Nimm deine Brille, damit du besser gucken kannst. Das sind Weihnachtsmänner.«

Nie im Leben sahen die echt aus. Wer weiß, in welchem Krempelladen Karl-Gustav die Dinger erstanden hatte, dieser Geizhals.

Werner rieb sich die Finger, die Luft

war schneidend kalt, und er spürte den Wind wie eine eisige Klinge auf der Haut. Ein Grog wäre jetzt gut. Gedacht, getan, und bald darauf hatte er das erste Glas getrunken. Wohlige Wärme breitete sich in ihm aus, so wohlig, dass er dem ersten Glas ein zweites folgen ließ. Fünf Gläser später beschloss er, sich wieder ans Werk zu machen.

Er krabbelte die Bodenstiege hinauf, und obwohl die Holzsprossen auf eine sonderbare Weise schwankten, richtete er entschlossen den Blick nach oben. Zügig verteilte er die Beleuchtung auf dem Dach.

Alles schien gut zu gehen, bis er die letzte Lichterkette im Überschwang der Gefühle an den Fensterrahmen tackerte und dabei zugleich seinen Jackenärmel traf. Die Krampe ging direkt durch den Stoff und nahm bei der Gelegenheit ein Stückchen Haut vom Handgelenk mit. Werner jaulte er auf.

»Was ist los? Machst du schlapp?«, dröhnte Karl-Gustavs tiefe Stimme zu Werner herauf. Der Nachbar war im Begriff, zwei große, unförmige Rehe aus Draht im Vorgarten zu platzieren.

Verbissen riss sich Werner los. Leider hatte er nicht bedacht, dass er noch immer hoch über der Erdoberfläche auf dem Laufsteg des Schornsteinfegers stand. Durch den plötzlichen Ruck kam er aus dem Gleichgewicht, allein seiner Geistesgegenwart verdankte er es, dass er sich im letzten Moment an einem Steigeisen festklammern konnte und nicht vom Dach stürzte.

Karl-Gustav hatte sein Hantieren mit den Rehen unterbrochen, den Kopf in den Nacken gelegt und schaute nun zu ihm nach oben. Mit einem Grinsen fragte er: »Soll ich dir unter die Arme greifen?«

Werner winkte ab. Das fehlte noch, dass sich sein Nachbar anschließend damit brüsten konnte, ihm geholfen zu haben. Er würde sein Heim ganz allein schmücken, und wie jedes Jahr würde es sämtliche anderen Häuser der Stadt übertrumpfen. An allen Ecken würde es leuchten und Karl-Gustavs mickrige Weihnachtsgestalten in den Schatten stellen.

Werner schob sich rückwärts bis zur Dachluke und kletterte ins Innere des Dachbodens. Dort warteten schon die nächsten Dekorationselemente darauf, dass er sie aufhängte. Die blinkenden Sterne. Es waren fünf Stück, für jedes Fenster eines. Die bunten Lämpchen schalteten sich wahlweise an und aus, und der wechselnde Farbverlauf von Rot zu Blau und Grün und dann wieder zu Rot war genau das Richtige für Nachbarn wie Karl-Gustav, die meinten, ihn mit ihrem armseligen Weihnachtsschmuck übertrumpfen zu können.

Werner bückte sich, um den Stecker in die Steckdose zu drücken. Dabei wallte es heiß in seinem Innern auf. Der Grog meldete sich zu Wort, und ein kleiner Rülpser entfloh aus seinem Mund. Beim Aufrichten verhedderte er sich in der Geräteschnur und stieß mit dem Kopf an das Innenfensterbrett, das aus Marmor bestand. Augenblicklich ging er in die Knie. Vor seinen Augen hüpfte ein Sternenreigen, ihm wurde schlecht. Er lief in die Küche und trank einen Schluck Wasser. Danach suchte er das große Brotmesser, um es auf die Beule an seinem Kopf zu drücken.

Während er etwas wartete, dass der Schmerz abflaute, beobachtete er Karl-Gustav und dessen Bemühungen, die Drahtfiguren zum Leuchten zu bringen. Irgendetwas schien nicht zu stimmen, vielleicht hatte er keinen Strom oder die Anschlüsse waren hin. Karl-Gustav drückte immer wieder auf den

Schalter der Leiste mit den vier Einzel-steckdosen, die er mit der alten Kabel-trommel verbunden hatte, aber alles blieb dunkel.

Die Rehe schauten, als hätten sie es nicht anders erwartet, doch eventuell lag Werner damit auch falsch, denn mittlerweile war es finster geworden. Außerdem hatte ein starker Regen eingesetzt, so dass er die Figuren nur noch schemenhaft erkennen konnte.

Da knallte es und sämtliche Lichter an der Silhouette des nachbarlichen Hauses gingen aus, erst die auf der linken Seite, dann die auf der rechten. Der dumpfe Geruch von verbranntem Gummi hing in der Luft.

Werner trat vor die Tür. »So ein Pech aber auch. Wer solchen Müll hat, kann eben nicht viel erwarten. Billig gekauft ist doppelt gekauft.«

»Das ist alles hin, nur wegen dir.« Karl-Gustav schien den Tränen nah.

»Wie bitte?« Werner schüttelte den Kopf. »Ich habe gar nichts gemacht. Du bist selbst schuld an dem Schlamassel, aber du kannst mir ohnehin nicht das Wasser reichen.«

Karl-Gustav drohte mit der Faust. »Das werden wir sehen, ich jedenfalls würde mir nie im Leben solche blöden Blinksterne in die Wohnung hängen.« Er nickte in Richtung der Fenster, aus denen abwechselnd rote, grüne und blaue Blitze sprangen.

Werner rang nach Luft. Hatte der Nachbar seine wunderschönen Sterne tatsächlich blöd genannt? Das war nun wirklich die Höhe, aber dann musterte er die Lichter und tief in ihm meldeten sich erste Zweifel. War er mit seiner Fensterdekoration womöglich ein bisschen übers Ziel hinausgeschossen?

Doch nein, Weihnachten war die Zeit des Lichts, da konnte Karl-Gustav noch so viel lästern, wie er wollte. Wenn er es recht bedachte, ging er ihm schon lange auf die Nerven. Ob beim Rasenmähen oder beim Säubern des Fußweges, sein Nachbar hatte ständig was zu meckern. Im Herbst hatte er sich sogar über die Blätter beschwert, die der Wind angeblich von dem Gingkobaum in Werners Garten über den Zaun geweht hatte, dabei wuchsen die Dinger auf beinah jedem Grundstück, das an die Straße grenzte. Natürlich hatte sich Werner gegen die infame Unterstellung verwahrt. Ein Wort war dem anderen gefolgt, und schließlich hatten sie sich vor dem Friedensrichter wiedergesehen. Weil Karl-Gustav auf einmal meinte, dass man unter Nachbarn nicht mehr miteinander reden könne. Es hatte vier Wochen gedauert, ehe sie sich wieder versöhnt hatten. Wobei … so richtig versöhnt hatten sie sich im Grunde nie. Karl-Gustav hatte einfach getan, als hätten es ihren Streit nie gegeben. Wann immer Werner daran dachte, begann sein Blutdruck zu steigen.

In der Nacht schlich er aus dem Haus und zu den sonderbaren Viechern aus Draht im Garten seines Nachbarn. Matt blinkten sie im Mondschein vor sich hin. Vereinzelt hingen noch Regentropfen an den Drahtgeflechten, und im Licht der Straßenbeleuchtung glitzerten sie wie Edelsteine.

Die schwarze Verlängerungsschnur lag auf dem angekokelten Rasen und schlängelte sich durch das Gelände bis zu Werners Carport hinüber, unter dem er gewöhnlich sein Wohnmobil parkte. Nur im Winter nicht, da hatte er es auf dem Betriebsgelände in einer Halle eingelagert.

Werner folgte der Schnur bis zu der Steckdose, aus der er sonst den Hymer versorgte. Fast traute er seinen Augen nicht, doch die Lage war klar: Karl-Gustav klaute seinen Strom. Dieser Mistkerl konnte was erleben.

Werner zog den Stecker und suchte die Kabeltrommel, die der Nachbar noch am Nachmittag zur Hand gehabt hatte. Er fand sie hinter Karl-Gustavs Geräteschuppen, der sich neben dem Carport erhob. Auch das war einer ihrer Streitpunkte gewesen. Werner hatte darauf bestanden, dass zwischen dem Carport und dem Schuppen ein Abstand von zwei Metern einzuhalten war, doch Karl-Gustav hatte nur mit der Schulter gezuckt und sich nicht weiter um seine Argumente geschert.

Die Kabeltrommel sah intakt aus, nur ein ganz schwacher Brandgeruch ging von ihr aus.

Werner zuckte mit den Schultern und schob den Stecker der Verlängerungsschnur in eine der Dosen, dann ging er zu Bett.

Er mochte noch keine drei Stunden geschlafen haben, da wurde er von einem Lärm geweckt. Er schien von der Straße zu kommen. Flackerndes Licht drang durch die bis auf halbe Höhe herabgelassene Jalousie seines Schlafzimmerfensters, und er stand auf, um nachzusehen, was los war.

Vor seinem Haus hatte sich eine Menschentraube gebildet. Karl-Gustav stand in ihrer Mitte und brüllte etwas in seine Richtung. Werner öffnete das Fenster, Worte wir *Feuer* und *Rettung* drangen an sein Ohr. Er beugte sich vor und erstarrte.

Die hölzerne Fassade seines Hauses knisterte und knackte unter einer hell lodernden Feuersbrunst. Die Flammen leckten an den Brettern entlang, die er noch im Frühjahr mit Maschinenöl behandelt hatte, um sie wetterfest zu machen. Das Öl hatte er von Karl-Gustav bekommen. Im Nu krochen die

Flammen höher und höher. Nicht mehr lange und sie würden ihn erreichen. Die Hitze, die sie ausströmten, drang schon bis zu ihm herauf.

»Spring, Werner, so spring doch endlich«, hörte er Karl-Gustav schreien. Werner schaute sich um. Dichter Rauch drang durch die Ritze unter der Schlafzimmertür ins Innere. Der Brand hatte ihn eingeschlossen.

Von fern näherte sich Sirenengeheul. Die Feuerwehr musste in Kürze zur Stelle sein, die Rettung nahte. Noch ein paar Minuten, dann würde man ihn aus dem Haus schaffen.

Werner bemühte sich, so wenig wie möglich zu atmen, doch der Rauch wurde immer stärker, legte sich auf die Nase und auf den Mund und kratzte im Hals. Schon war in dem Qualm kaum noch etwas erkennen.

Verzweifelt lauschte Werner, aber nur das Brüllen der Flammen war zu vernehmen. Wo zur Hölle blieb die Feuerwehr? Raus, er musste raus, sonst würde er verbrennen.

In Panik kletterte Werner auf das Fensterbrett und stieß sich ab. Mit den Beinen voran segelte er durch die Luft. Als er aufschlug, gab es einen spröden Knacks, der seinen Kopf zur Seite knicken ließ. Aus der Haut am Nacken bohrte sich ein weißer Knochensplitter ans Licht. Ein unheimlicher Anblick.

Karl-Gustav war zutiefst erschüttert. Noch erschütterter war er allerdings, als er erfuhr, was den Brand ausgelöst hatte. Die Ursache waren Funken aus seinem Anschlusskabel gewesen. Der Wind hatte sie zu Werners Haus getrieben, wo die mit Altöl getränkte Fassade sogleich Feuer gefangen hatte. Karl-Gustav konnte es nicht fassen.

Nur die Rehe in seinem Vorgarten, die standen unbeirrt von dem Drama in

der Winternacht und lächelten still vor
sich hin.